Bernadette VOYER

AF154923

AU – DELÀ ?

LES PAQUETS BLEUS

1er juillet 1980 : un camion de déménagement suivi d'un break s'arrêta devant le 32 de la rue Renoir, dans une commune tranquille de l'Essonne . Michel et Claudine, accompagnés de leurs deux jeunes enfants descendirent de voiture et contemplèrent avec bonheur leur nouveau pavillon, une belle maison en meulière datant du début du siècle.

Les mois de juillet et août s'écoulèrent rapidement ; les jours défilaient avec frénésie : joie de défaire les cartons et de ranger peu à peu ses affaires, de tondre la pelouse, de bricoler.

- Maman, Maman, dis à Papa de monter tous mes cartons de livres ; je vais pouvoir les placer sur mes étagères maintenant qu'elles sont installées, cria avec enthousiasme Harmonie.
- Et qu'il n'oublie pas mes cartons avec mes voitures, hurla de sa voix flûtée le petit Laurent.

Papa et Maman souriaient du bonheur de leurs bambins qui, de plus, découvraient avec exaltation les richesses secrètes d'un grand jardin : les chats du quartier, les framboises cachées dans les ronces, le ver luisant ou encore le hérisson que vous manquez de heurter du pied lorsqu'il cherche à manger la nuit.

La famille fit également connaissance avec Clémentine, leur plus proche voisine : une vieille dame fort sympathique qui vivait là depuis plus de cinquante ans. Ils se plurent de suite en sa compagnie et elle le leur rendit bien en les fournissant

1

généreusement de salades, de confitures, de noix et de figues gorgées de miel en ce chaud mois d'août.

Harmonie, toute fière du haut de ses sept ans d'avoir appris à lire cette année lui lisait de courtes histoires tandis que la vieille dame, reprenant les anciens livres de ses enfants et petits-enfants racontait contes de fée et autres histoires aux deux petits qui étaient enchantés par la voix et la patience de cette mamie.

Septembre arriva et Harmonie et Laurent intégrèrent leur nouvelle école sans problème. Ils se firent rapidement des copains qui venaient jouer à la maison le mercredi et les week-end. Cependant, un nuage vînt assombrir rapidement ce bonheur nouveau.

Une nuit, Harmonie commença à s'agiter dans son lit ; elle ne cessait de se tourner et de se retourner, un mauvais rêve sans doute et soudain, elle se redressa et s'assit dans son lit. Bien réveillée, cette fois-ci, elle tendit l'oreille. Mais non voyons, elle ne se trompait pas, elle entendait des pleurs d'enfant, de gros sanglots, une petite voix qui gémissait. Un instant, elle se dit que son frère avait dû faire un cauchemar et Papa et Maman ne l'entendaient pas pleurer. Cependant cette voix, ce n'était pas celle de son frère ; elle ressemblait plutôt aux cris plaintifs d'une petite fille de son âge. Pourtant, comment était-ce possible ? Il n'y avait pas d'autres enfants dans la maison, ni même dans les maisons toutes proches de la leur. Elle voulut en avoir le cœur net et alluma sa lumière ; peut-être ses parents regardaient-t-ils la télévision ? ... Elle ouvrit la porte de sa chambre et constata que le noir complet enveloppait la maison. Elle appuya sur l'interrupteur du couloir et descendit les marches qui menaient au salon : pas de télé allumée, pas de parents ; elle remonta et ouvrit tout doucement la porte de la chambre de son frère. Celui-ci respirait paisiblement et dormait à poings fermés. Elle regagna donc sa chambre, perplexe, et se rendit compte que les pleurs avaient cessé.

Le lendemain matin, elle fit part de cet épisode à ses parents, pas très sûre d'elle, ne sachant si elle devait se fier à ses impressions de la nuit.

- Tu auras dû rêver, ma puce, lui dit sa maman.

Harmonie acquiesça, cependant pas très convaincue.
Trois nuits se passèrent sans souci, avec un sommeil de plomb pour Harmonie qui commençait à oublier sa mésaventure.
Le samedi soir, Claudine et Michel emmenèrent dîner les enfants à la pizzeria du coin et ils finirent le repas par une énorme glace surmontée d'une montagne de Chantilly. Ils se couchèrent donc vers vingt-trois heures, après que Claudine et Michel eurent déposé chacun un baiser sur leur joue. Et c'est vers minuit que, pourtant profondément endormie depuis peu, Harmonie bondit de son lit et alluma la lumière, cette fois-ci terrifiée par les pleurs qu'elle entendait au loin, semble-t-il comme étouffés.

- Maman ! Maman ! hurla-t-elle.

La porte s'ouvrit avec fracas quelques secondes après et laissa apparaître Claudine et Michel, hirsutes et angoissés. Ils trouvèrent leur fille en pleurs, debout, au milieu de la chambre, qui tournait dans tous les sens comme si elle cherchait quelque chose.

- Que se passe-t-il, ma princesse ? s'enquit son papa, très inquiet de voir sa fille dans cet état-là.
- Je l'ai encore entendue Papa, je l'ai encore entendue !

- Mais qui, ma poupée ? Qui ?
- La petite fille de l'autre jour, la petite fille qui pleure !

Claudine et Michel se regardèrent et ne répondirent rien, essayant de percer le silence de la nuit.

- Mais Harmonie, on n'entend rien …

Harmonie tendit l'oreille quelques instants puis les regarda incrédule.

- Mais elle pleurait il y a un instant, elle pleurait !

Et elle s'effondra en pleurs sur son lit.

- Je vous jure que je l'ai entendue.

Michel et Claudine ne savaient que faire. Son papa lui dit alors :

- Ecoute, tu vas te recoucher. Nous allons attendre que tu t'endormes. Et s'il y a le moindre son qui perce, nous serons là pour l'entendre avec toi.

Rassurée, Harmonie s'allongea dans son lit en tenant la main de son père tandis que sa mère lui caressait les cheveux. Au bout d'un quart d'heure, la petite fille se rendormit.
Le lendemain matin, dans la cuisine, Claudine et Michel devisaient sur ce qui s'était passé durant la nuit.

- C'est tout de même bizarre cette histoire de cris et de pleurs. Cela fait deux fois dans la semaine !

- Oui, c'est ennuyeux. Elle va être épuisée. Si cela se reproduit, il vaudrait tout de même mieux l'emmener chez le médecin.

Deux jours plus tard, ils furent de nouveau réveillés par les cris d'Harmonie et de nouveau, ils ne constatèrent aucun bruit dans sa chambre en y pénétrant.

Claudine et Michel emmenèrent leur fille chez le docteur qui, perplexe, les connaissant peu, prescrivit simplement un léger sédatif. Et cependant, le phénomène continuait à se reproduire deux à trois fois par semaine. Claudine et Michel se sentaient démunis et n'osaient en parler à personne.

Un samedi matin, alors que la famille déjeunait, le facteur sonna et leur remit un paquet enveloppé de papier bleu. Michel remercia le facteur et ferma le portail. Il jeta un coup d'œil au paquet mais il constata que celui-ci était adressé à Lucie Létang mais bien au 32 de la rue Renoir. Il se retourna et héla le facteur qui n'était pas encore reparti.

- Ce colis n'est pas pour nous. Nous sommes la famille Chabot. Il n'y a pas de Lucie Létang chez nous.
- Ah ? fit le facteur. Bon, je vais le reprendre, je verrai avec mon collègue qui distribue le courrier s'il a une famille Létang. Ce doit être une erreur de numéro.

Le mardi soir en rentrant du bureau, Michel et Claudine ouvrirent la boîte aux lettres et trouvèrent le paquet bleu.

- Oh, j'avais pourtant bien dit au facteur que ce n'était pas pour nous, fit Michel d'un ton agacé. Demain matin, puisque nous sommes là, nous essayerons de le coincer pour le lui redonner.

Le lendemain, ils réussirent à intercepter le facteur, un homme très jovial qui leur dit en riant :

- Je sais, je me suis renseigné mais il n'y a pas de famille Létang dans la commune. Alors, gardez le paquet car il n'y a pas d'expéditeur. C'est peut-être un admirateur caché ! A moins que ce ne soit pour quelqu'un de la famille des anciens propriétaires.
- Ah peut-être… J'ai leur numéro de téléphone ; je vais les appeler.

Michel chercha dans ses papiers au bureau le numéro de téléphone du couple à qui ils avaient acheté la maison mais la dame lui répondit que ce nom ne lui disait rien. Il revînt dans le salon où Claudine surveillait les devoirs d'Harmonie tandis que le petit Laurent gribouillait un album de coloriage. Le paquet bleu était posé sur la table basse du salon.

- Alors ? demanda Claudine.
- Ils ne connaissent pas plus de Lucie Létang que nous. Ce paquet n'appartient à personne et personne n'en veut. La Poste nous en fait cadeau ! C'est un comble !
- Eh bien, écoute… Ouvrons-le puisqu'il n'est à personne. En plus, il est joliment fait. C'est original d'envelopper un paquet pour la Poste de papier bleu. Peut-être trouverons-nous l'adresse de l'expéditeur à l'intérieur…
- Oh, après tout … Tu as peut-être raison.

Michel coupa la ficelle qui entourait le paquet et détacha les endroits où le papier était scotché. Il ouvrit la boîte tandis que Claudine et les deux enfant, curieux, s'étaient rapprochés. Quelle ne fut pas leur surprise et la joie d'Harmonie surtout , de trouver dedans une gracieuse poupée et tout un nécessaire de vêtements pour la changer.

- Pff, des trucs de filles, dit Laurent dépité en regagnant sa chaise.
- Ben écoute, Harmonie, on va dire que c'est pour toi puisqu'il n'y a pas d'explication dans le colis, pas un mot, dit Claudine.

Ravie, Harmonie se saisit de ce cadeau inattendu et monta dans sa chambre jouer.

Le mercredi après-midi, Harmonie fut conduite par sa maman à son cours de danse tandis que Michel accompagnait Laurent au judo. Ils dînèrent joyeusement d'une soupe et de crêpes et se couchèrent tôt. Harmonie dans son lit, souriait aux anges en pensant aux merveilleux habits de poupée qu'elle avait reçus d'un mystérieux inconnu. Cependant, bien qu' elle s'endormit rapidement, elle fut réveillée vers vint-trois heures par les mêmes pleurs que les autres nuits. Elle appela ses parents, angoissée comme toujours par les pleurs de cette petite fille qu'elle aurait voulu secourir ; mais où se trouvait-elle ? Les parents accoururent et une fois la porte ouverte, restèrent interdits car pour la première fois, eux aussi entendaient les pleurs et les gémissements d'une enfant. Ils se regardèrent interloqués.

- Nous ne sommes tout de même pas tous fous. Nous n'avons pas une hallucination collective ! Tu les entends comme moi, Claudine, non ?
- Oui … oui … balbutia-t-elle.

Michel se mit à sonder les murs avec ses mains, y colla son oreille ainsi que sur le plancher.

- C'est incompréhensible. Le bruit semble venir de nulle part.

Puis au bout de quelques minutes, le bruit cessa.

- Nous allons élucider ce mystère, ma chérie. Je te le promets. Ne t'inquiète pas. Sache en tout cas que personne ne te veut de mal.

Le samedi matin suivant, ils partirent tous les quatre équiper les deux enfants pour l'hiver et quelle ne fut pas leur surprise, en revenant, de trouver dans la boîte aux lettres un nouveau paquet bleu, toujours au nom de

LUCIE LETANG
32 RUE RENOIR
BRUNOY

- Ah, ça alors ! s'exclama Michel.
- Et bien, ouvre-le Harmonie puisqu'il semble que le dernier paquet ne pouvait intéresser que toi, dit-il en entrant dans la maison.

Harmonie ne se fit pas prier et découvrit avec joie six livres d'enfant, à partir de sept ans, indiqué sur chacun d'eux, comme s'ils lui étaient destinés.
Claudine et Michel se regardaient d'un air embarrassé. Claudine allait dire quelque chose et se ravisa ; Michel la regarda d'un air interrogateur, comprenant bien que sa femme et lui semblaient sur la même longueur d'onde. Lorsqu'ils se retrouvèrent seuls, celle-ci lui dit :

- Tu penses la même chose que moi, non ?
- Oui, je crois. Ces paquets venus d'on ne sait où et cette petite-fille qu'on entend pleurer la nuit … Etrange coïncidence, non ?
- Oui, en effet. Ils viennent d'où , ces paquets, au fait ? Tu as regardé l'oblitération ?
- Mais non, tu as raison. Attends, je vais voir.

Il se précipita au sous-sol où il avait jeté l'emballage et regarda le timbre. Le paquet avait été posté à Granville dans la Manche deux jours auparavant, le jeudi donc. Ils avaient reçu le premier paquet un samedi également, qui avait donc dû être posté aussi un jeudi.

La semaine se passa et ils furent réveillés trois fois pas Harmonie et de nouveau, eux aussi, entendirent les pleurs. Mais Michel qui commençait à s'inquiéter sérieusement pour la santé mentale de sa famille se munit le dernier soir d'un magnétophone au pied de son lit et dès que sa fille l'appela, il enclencha celui-ci sitôt la porte de sa chambre ouverte. Plus tard, revenu dans sa chambre, il réécouta la bande et entendit distinctement les pleurs d'une fillette. Claudine et lui pensaient qu'ils allaient devenir fous.

Le lendemain samedi, la Poste leur fit de nouveau cadeau d'un troisième paquet bleu. Harmonie l'ouvrit et découvrit une merveilleuse robe de laine pour l'hiver, parfaitement à sa taille.

- Oh, comme elle est belle ! dit-elle en la plaquant sur elle et en se dirigeant vers le miroir de l'entrée.

Claudine se précipita sur elle et lui arracha la robe des mains.

- Non, tu ne porteras pas cette robe ! Je ne sais pas qui te l'envoie et en tout cas, je ne pense pas qu'elle te soit destinée !
- Mais Maman ! Qui veux-tu qui la porte ? La petite fille qui pleure la nuit, peut-être ? hurla Harmonie en s'enfuyant dans sa chambre.

Claudine et Michel restèrent pétrifiés par ses propos.

- Ça ne peut pas continuer comme ça. Il faut en parler à quelqu'un ! gémit Claudine.
- Ah qui ? A la police ? A un psychiatre ?
- Je ne sais pas, je ne sais pas, et Claudine se mit à pleurer doucement.
- Pardon ma chérie, dit-il en l'entourant de ses bras. Je me sens autant démuni que toi.
- Je sais ….. je sais.

La sonnette retentit. Contrarié, Michel alla ouvrir la porte et il allait renvoyer la personne qui se trouvait derrière, pensant avoir affaire à un importun lorsqu'il se trouva nez à nez avec la vieille Clémentine. Il essaya de sourire mais celle-ci ne fut pas dupe d'autant plus qu'elle entrevit Claudine qui tentait d'essuyer discrètement ses larmes.

- Eu …, je dérange peut-être ? Il n'y a rien de grave j'espère ?
- Non, non … eu …, nous vous expliquerons dit-il en pensant soudain que cette bonne âme les écouterait sûrement d'une oreille attentive.
- Je m'y prends un peu tard mais c'est mon anniversaire demain et cela m'aurait fait plaisir si vous et les enfants aviez voulu partager le déjeuner en ma compagnie.

10

Michel se retourna vers Claudine qui leur sourit.

- Oh avec joie Clémentine. Cela nous fera grand plaisir à tous. Les enfants seront ravis.
- Bien, bien. Alors à demain midi et elle s'éclipsa discrètement.

Le lendemain, tout ce petit monde déjeuna joyeusement. La famille Chabot offrit une superbe veste en laine à Clémentine qui les remercia chaleureusement, les larmes aux yeux.

- Vous êtes de vrais amis dit-elle très émue.

La tarte aux pommes terminée, Harmonie et Laurent s'en allèrent jouer au fond du jardin.

- Alors, que se passe-t-il ? s'inquiéta Clémentine en se tournant vers Claudine et Michel.
- Eh bien, depuis un mois environ, nous subissons un phénomène plutôt étrange plusieurs nuits par semaine …

Clémentine s'enquit de la suite d'un air interrogateur de la tête.

- Harmonie la nuit entend pleurer une petite fille et nous aussi, maintenant, nous l'entendons lorsque nous nous rendons dans sa chambre, reprit Claudine.
- Des pleurs d'enfants ? Mais il n'y a pas d'enfants dans les pavillons les plus proches. Les plus près sont les petits Dannerais dans la rue à côté. C'est impossible que vous les entendiez !
- Oui, je m'en doute ; de toutes façons, les pleurs semblent vraiment provenir de la maison ou du sous-sol.

C'est difficile à dire. Et puis, il y a aussi ces paquets que nous recevons tous les samedis qui semblent destinés à une fillette de l'âge d'Harmonie.
- Ce n'est peut-être qu'une coïncidence, une erreur de l'expéditeur.
- Je suis sceptique reprit Michel. On n'envoie pas des livres, des jouets, du linge à quelqu'un dont on connaît parfaitement l'âge si on ne connaît pas son adresse !
- Effectivement, vous avez raison.
- Mais dites-moi, vous qui habitez là depuis longtemps… Les propriétaires avant ceux à qui nous avons acheté la maison n'avaient-ils point une fille qui pourrait avoir l'âge d'Harmonie maintenant ?
- Oh non, depuis plusieurs années se sont succédés des couples avec plutôt des adolescents, pas de petits en bas-âge.
- C'est étrange … Je me disais que peut-être une vieille tante se serait soudainement souvenue d'une nièce, enfin, quelque chose dans ce goût-là dit-elle pour se rassurer.
- Mais au fait, à quel nom sont adressés les paquets ? s'enquit la vieille dame.
- Lucie Létang.
- LUCIE LETANG ?

Claudine et Michel virent la vieille dame porter la main à sa gorge comme si elle étouffait puis elle devint pâle et murmura :

- Oh mon Dieu, ce n'est pas possible !
- Vous … vous la connaissez ?
- C'est terrible mais qui peut bien faire une farce pareille ? C'est d'un mauvais goût.
- Mais qui est-ce ?

- Je suis désolée mais vous allez trouver cela bien macabre. Lucie Létang était une petite fille qui a effectivement habité votre maison mais cela se passait vers 1935.
- 1935 ? s'écrièrent incrédules Michel et Claudine.
- Oui et cette petite a malheureusement disparu l'année de ses sept ans, en 1940.
- Disparue ? Comment ça ?
- Un samedi après-midi, sa mère l'a envoyée chercher du pain et elle n'est jamais revenue.
- Mais son corps n'a jamais été retrouvé ?
- Non, la police a eu beau se démener dans tous les sens : pas de corps, pas de suspect, pas de coupable. Sa mère a failli devenir folle à l'époque. Elle a été placée dans une maison de repos pendant de longs mois.
- Et après ? Ses parents ont déménagé ?
- Ils ont vendu la maison mais ils se sont séparés. Elle est partie travailler à Paris comme vendeuse au Bon Marché ; elle m'envoyait de temps en temps des nouvelles puis plus rien. J'espère qu'elle a retrouvé le bonheur.
- Et le papa ?
- Volatilisé ! De toutes façons, je ne tenais pas tellement à avoir de ses nouvelles. C'était un homme froid, rigide et en plus, je crois bien qu'il n'aimait pas beaucoup la petite Lucie qui n'était pas de lui. Sa maman s'était retrouvée enceinte à dix-huit ans, délaissée par son beau parleur et ses parents ont été ravis de pouvoir caser leur fille et le bébé au premier venu qui pouvait les entretenir toutes les deux.
- Triste histoire articula péniblement Claudine qui sentait sa gorge se nouer. Mais pourquoi, pourquoi ces paquets maintenant et qui les envoie ?

Le visage de Michel s'illumina soudainement.

- J'ai une petite idée pour connaître l'expéditeur !

La semaine suivante, Michel prit un jour de congé et le mercredi prépara une petite valise en expliquant aux enfants qu'il dormirait à l'hôtel ce soir-là car il avait une réunion en province le jeudi matin.

Vers dix-huit heures, il arriva à Granville, trouva rapidement le bureau de poste, se renseigna sur les horaires d'ouverture et partit chercher une chambre d'hôtel.

Le lendemain matin, dès 08h45, il s'assit sur un banc, non loin de la poste et se mit à lire son journal, tout en surveillant du coin de l'œil la porte d'entrée de celle-ci. Il attendit tout en se demandant si son idée de jouer les Sherlock Holmes n'était pas saugrenue. Mais sa patience fut récompensée. Vers 09h30, il vit arriver une dame âgée d'environ soixante-cinq ans, avec sous le bras, un paquet bleu !

Son sang ne fit qu'un tour ; il plia son journal et tout en essayant de garder une allure naturelle et discrète, il entra à son tour dans la Poste. Par chance, beaucoup de clients faisaient la queue au guichet. Il se mit derrière la dame au tailleur gris et se pencha légèrement de côté pour pouvoir apercevoir le dessus du paquet. Il s'y attendait mais son cœur se mit à battre encore plus fort lorsqu'il distingua nettement le nom et l'adresse.

LUCIE LETANG
32 RUE RENOIR
BRUNOY

Il fit mine d'avoir oublié quelque chose et sortit du rang pour aller farfouiller un annuaire plus avant au guichet et ce faisant, il eut tout le loisir d'examiner cette dame. Une très belle femme, malgré sa soixantaine, des cheveux blond clair et des yeux bleus cendrés. Michel constata qu'elle souriait doucement en caressant le paquet. Cette femme pouvait-elle être la maman de Lucie Létang, disparue quarante ans plus tôt ? Clémentine n'avait-elle point dit qu'à l'époque, elle avait failli devenir folle et donc placée dans un institut spécialisé ? Et si sa folie était récurrente ?

Michel ne savait que faire. Comment l'aborder ? Que lui dire sans la troubler, sans la faire souffrir ? Non, c'était impossible. La suivre, peut-être … ? Si elle était fragile, elle ne pouvait vivre seule. Il sortit de la poste et lui emboîta le pas lorsqu'elle se mit à marcher dans Granville. Elle s'arrêta à la boulangerie puis chez le boucher et après quelques minutes de marche, il la vit pénétrer dans une modeste mais coquette petite maison des années trente.

Que faire ? Le temps passait. Il ne pouvait rester à rôder ainsi devant la maison, il allait se faire remarquer. Et soudain, l'inspiration lui vint. Il alla sonner quelques maisons plus loin.

- Bonjour, excusez-moi de vous déranger, dit-il au fort en bras qui lui ouvrit la porte.
- C'est bien ma veine, pensa-t-il, je tombe sur un musclé. J'ai intérêt à mesurer mes paroles.
- Je suis entrepreneur en peinture et une certaine Madame Létang m'a donné rendez-vous dans cette rue mais comme un crétin que je suis, je viens de me rendre compte en descendant de voiture que je n'ai pas le numéro de sa maison. Vous la connaissez peut-être ?

- Oui et comment que j'la connais, dit-il d'un ton « fort aimable », ravi de trouver plus crétin que lui. Elle habite au 83 mais j'vous préviens, elle ouvre pas facilement sa porte, elle est méfiante. Elle n'ouvre que lorsque sa sœur est présente.

- Ah, c'est bien ma veine.
- Sa sœur travaille mais elle rentre souvent manger le midi. Vous avez p'être votre chance à ce moment-là. Salut ! dit-il en claquant la porte.
- Pas très raffiné mais efficace celui-ci !

Michel se décida donc à attendre midi. Il traîna un peu en ville avant de revenir et effectivement vers 12h10, une voiture s'arrêta devant le pavillon de la vieille dame. Il interpella la personne qui en sortait.

- Madame, je vous prie de m'excuser de vous importuner à cette heure-ci mais ce que j'ai à vous demander est vital pour moi et ma famille. La question que je vais vous poser va peut-être vous paraître très abrupte mais je n'ai pas d'autre choix.

Intriguée, la dame d'une cinquantaine d'années qui ressemblait étrangement à sa sœur mais ne possédait pas sa beauté, lui répondit d'un air inquiet.

- Allez-y. Que me voulez-vous ?
- Avez-vous connu une petite fille nommée Lucie Létang ?

La dame ravala sa salive et mit sa main sur le portail pour se retenir car Michel vit bien qu'elle allait défaillir.

- Oh ! Mais qui êtes-vous pour poser cette question ?

- Il se trouve que j'habite la maison qu' elle occupait avec ses parents en 1940.

La femme le regarda intriguée.

- C'était ma nièce.
- C'est sa maman qui est à l'intérieur de votre maison ?
- Oui mais pourquoi … ?
- Je vais tout vous expliquer ici ; je ne peux pas le faire devant elle.

Michel raconta tout rapidement : les pleurs, les paquets …

- Je ne suis pas au courant de l'envoi de ces paquets mais vous savez, ma sœur ne s'est jamais remise de la disparition de sa fille ; elle est un peu …, elle suspendit ses paroles un instant, … bizarre, dirons-nous, enfin, elle n'a pas toujours toute sa tête.
- Je vois… Et son mari, qu'est-il devenu ?
- Maurice Létang ? Oh, celui-là ! Un sale individu ! Elle aurait mieux fait de ne jamais le rencontrer. En tout cas, on l'a retrouvé assassiné dans une mine de diamants en Angola, en 1970 et d'après les dires de la police sur place, ses collègues et connaissances ne l'ont pas pleuré. D'ailleurs, j'ai l'impression que la police n'a pas fait de grands efforts pour retrouver son meurtrier.
- Que faut-il faire alors pour votre sœur ? Lui parler des paquets ?
- Laissez-moi faire. Donnez-moi vos coordonnées. Je ne veux pas la brusquer. Elle a déjà assez souffert avec cette histoire.

Michel rentra donc chez lui, un peu rassuré, du moins pour la provenance des paquets. Cette pauvre femme avait sans doute perdu la raison et agissait certainement en état second. Mais cela ne résolvait pas les pleurs qu'ils entendaient la nuit. Fallait-il croire au surnaturel ? Cette petite fille qui gémissait la nuit, pouvait-il s'agir de Lucie qui appelait de l'au-delà ?

Le dimanche, ils reçurent un coup de fil de Christine Duruy, la sœur de Mélanie Létang. Celle-ci les informa qu'après avoir interrogé subrepticement sa sœur, cette dernière lui affirmait que depuis quelques temps, elle rêvait que sa petite fille la suppliait de lui acheter des livres et une poupée mais elle n'avait pas d'argent et son mari ne voulait pas lui en donner pour Lucie.

- Il n'aimait pas sa belle-fille ?

- Oh non. Pauvre petite, elle n'était pas heureuse. En fait, ma sœur rêve la réalité d'il y a quarante ans. Il ne voulait pas donner un sou pour Lucie, et pourtant, il était riche. Ma sœur l'habillait comme elle pouvait, avec le linge que les bonnes sœurs récupéraient. Et elle lui confectionnait des poupées de chiffons que ce salaud massacrait lorsqu'il était en colère après Lucie. Et lorsqu'il voulait la punir, il l'enfermait dans la cave, dans le noir, des heures entières. La pauvre petite sanglotait des heures entières.

- Qu'est-ce que vous dîtes ? reprit Michel. Mais … mais les pleurs que l'on entend, ce serait elle ?

Christine, au bout du fil, resta sans voix un instant et reprit tout d'un coup.

- Se pourrait-il qu'elle pleure encore ?

- En 1940, au moment de sa disparition, la cave a-t-elle été fouillée ?
- Oh oui, l'Inspecteur de cette époque n'était pas un rigolo. Il a fait sonder les murs, inspecter la maison et le jardin de fond en comble. Rien !

Et Michel soudain demanda à Christine Duruy :

- Croyez-vous aux esprits ?
- Jusqu'à présent non mais je commence à y croire. Il faudrait peut-être faire appel à quelqu'un, dit-elle d'une voix hésitante, quelqu'un d'Eglise peut-être ?
- Je vais réfléchir à tout cela. Tenons-nous au courant s'il y a du nouveau.

Quelques jours passèrent, avec toujours ces pleurs qui suintaient des murs la nuit et les colis de Mélanie Létang qui arrivaient régulièrement.
Claudine et Michel reparlèrent de la petite Lucie à Clémentine.

- Vous les côtoyiez beaucoup à l'époque ?
- La maman et la petite, oui, bien sûr. Pas lui, il n'était pas très aimable.
- Et vous étiez au courant du fait qu'il enfermait Lucie dans la cave pour la punir ?
- Oh oui ! Mon mari même a bien essayé de le raisonner. Mais il disait qu'il fallait dresser les enfants pour obtenir de bons résultats. Sa mère venait se réfugier chez moi lorsqu'elle n'en pouvait plus d'entendre les cris de sa

fille dans la cave. La petite venait parfois jouer dans le jardin avec mes enfants et un jour de grand soleil, comme elle cueillait des fleurs avec moi et sa maman, elle a poussé un soupir de bien-être en regardant le ciel bleu et en jetant un regard alentour et elle nous a dit gravement :

« Si un jour je meurs, je ne veux pas être enfermée dans une boîte noire sous terre. Je veux être brûlée et je voudrais qu'on disperse mes cendres dans la prairie, comme ça, je serai toujours au soleil et à la lumière. ».

Clémentine essuya une larme. Claudine se rapprocha d'elle et l'embrassa tendrement.

- Allons, vous n'y êtes pour rien.

Puis après un instant de pause, elle reprit :
- Michel et moi aimerions faire appel à quelqu'un qui pourrait nous aider à élucider ces pleurs.
- Quelqu'un qui parle aux esprits, voulez-vous dire ?
- Ben oui … Je ne vois pas qui d'autre. Je dois dire que jusqu'à présent, ce genre de choses me semblait peu crédible mais depuis quelque temps, les évènements ont fait que je me suis ravisée.

Clémentine hésita quelques secondes ; Michel et Claudine sentirent son embarras et la questionnèrent.

- Qu'est-ce qu'il y a, Clémentine ?

Elle suspendit sa réponse encore un instant puis se lança :

- Je crois que je connais quelqu'un qui pourrait vous aider … Une amie qui a un don mais, qui, je vous rassure, n'en fait pas commerce.

Hélène Vincent était le genre de personne en qui on avait immédiatement confiance ; il émanait d'elle une douceur et une gentillesse qui ne pouvaient laisser indifférent. Elle semblait irradier la bonté même. Clémentine, Claudine et Michel la présentèrent à Harmonie comme quelqu'un qui pouvait les aider à passer ce cap difficile. Clémentine et son amie Hélène vinrent donc dîner un soir chez la famille Chabot et après avoir couché les enfants, les adultes décidèrent de veiller un peu. Puis vers minuit, Michel décida qu'il serait tout de même plus judicieux de tous se coucher puisque l'événement ne se produisait pas toutes les nuits. Effectivement, cette nuit-là, Harmonie ne fût pas réveillée. La seconde nuit, les deux vieilles dames qui dormaient dans une chambre d'amis à l'étage, et grâce à leur sommeil léger, furent réveillées les premières par les appels d'Harmonie. Elles se précipitèrent en peignoir dans sa chambre et trouvèrent une gamine effrayée et chagrinée par les pleurs d'une autre petite fille qu'effectivement Clémentine et Hélène entendaient. Cette dernière s'assit sur la chaise face au bureau d'Harmonie et ferma les yeux. Elle se mit à respirer profondément et ne détourna pas la tête lorsque Claudine et Michel pénétrèrent à leur tour dans la pièce. Elle semblait profondément concentrée, inapte à percevoir les mouvements qui pouvaient se produire dans la chambrée. Au bout de cinq minutes environ, les pleurs cessèrent et tous se tournaient désespérément vers Hélène, espérant la solution. Mais le miracle ne se produisit pas. Hélène rouvrit les yeux.

- Je suis désolée. Je n'arrive pas à entrer en contact avec cette petite et pourtant, je sens quelque chose …

Les autres la regardèrent d'un air interrogateur.

- Une chaleur, une présence mais rien d'autre. Cela reste très vague. Peut-être pourrai-je obtenir un vrai contact une autre fois … Je ne peux rien vous dire de plus.

Claudine et Michel étaient déçus mais pouvaient-ils demander plus à cette brave femme qui avait accepté de traverser une partie de la France pour eux ?
Le lendemain matin, alors qu'Hélène faisait sa toilette, Clémentine descendit déjeuner avec Michel et Claudine.

- Faites-lui confiance encore une fois, je vous en prie. Je vous assure qu'elle est vraiment exceptionnelle.

Deux nuits passèrent et la troisième fit se retrouver tout ce petit monde de nouveau dans la chambre d'Harmonie. Hélène reprit la même place et au bout de quelques instants, elle fut prise de légers tremblements qui inquiétèrent les autres, poussa même un léger soupir avant que les pleurs s'estompent. Elle se retourna lentement vers eux.

- Je l'ai vue cette petite. Elle a de grands yeux bleus tristes et de longs cheveux blonds très fins.

Michel et Claudine firent une mine sceptique ne sachant à quoi pouvait ressembler Lucie Létang mais se tournèrent vers Clémentine.

- C'est bien d'elle qu'il s'agit, affirma celle-ci. On ne pouvait oublier ses yeux.
- Et qu'avez-vous vu d'autre ? interrogea Michel, pressé d'en savoir plus.
- Je vois du noir autour d'elle et un bois, mais je ne suis pas arrivée à en saisir davantage. Quel bois cela peut-il bien être ?
- Voudriez-vous dire qu'elle est enterrée dans un bois ?
- J'en ai la vague intuition mais pour l'instant, je ne peux préciser où est ce bois. En tout cas, même si je ne sais pas précisément où cette enfant se trouve, elle laisse couler vers moi un malaise. J'ai vraiment l'impression qu'elle appelle « au secours ».

Harmonie semblait inquiète.

- Vous croyez qu'on va la retrouver ?

Michel et Claudine se regardèrent d'un air hésitant.

- C'est peut-être ce qu'elle souhaite … murmura Clémentine en jetant un œil de connivence à ses voisins ; et Michel et Claudine repensèrent à l'anecdote des cendres et de la prairie.

Le surlendemain, Hélène et les autres, de nouveau réveillés par Harmonie se précipitèrent de nouveau dans la chambre et cette fois-ci, les pleurs de la petite durèrent un bon quart d'heure. Lorsque ceux-ci cessèrent, Hélène semblait épuisée, presque chancelante et des larmes coulaient sur ses joues.

- J'ai vu un petit corps d'enfant recroquevillé dans un trou noir, près d'un tronc d'arbre calciné à l'intérieur.
- Calciné à l'intérieur ? s'exclamèrent Clémentine, Claudine et Michel.
- Oui mais ce devait être un arbre immense auparavant, un très vieil arbre, un chêne peut-être … En tout cas, il est comme sur un rond-point dans la forêt et il se trouve à un carrefour de chemins.
- Bigre, ce n'est pas simple de retrouver un tel arbre, poursuivit Michel.

Clémentine qui plissait ses lèvres d'un air perplexe s'écria tout d'un coup :

- Le chêne d'Antin !
- Le chêne d'Antin, qu'est-ce que c'est que ça ? demanda Claudine.
- Ah bien sûr, vous ne pouvez pas connaître car cela fait trop peu de temps que vous habitez ici mais sachez que, tout près d'ici, en forêt de Sénart, à une croisée de chemins se trouve un très vieux chêne ou du moins ce qu'il en reste …C'est le plus vieil arbre de la forêt de Sénart. Il a environ six cent cinquante ans et il tenait à peu près le coup jusqu'à ce qu'une mini tornade en août 2000 le décapite et le prive de toutes ses branches. Il ne reste plus que l'écorce, il est ouvert, à flanc de ciel, il tend des bras noircis vers les nuages. Est-ce que tu reconnaîtrais l'endroit si je t'y amenais ?
- Oh oui, je suis sûre. L'image était très, très nette. La petite est enterrée près de l'arbre, sur ce rond-point de pelouse.

Et Harmonie qui n'avait rien dit jusque là articula.

- Vous voulez dire qu'elle est morte ?

Michel et Claudine se rendirent compte tout d'un coup de la complexité de la situation pour une petite fille de sept ans. Effectivement, comment expliquer à Harmonie qu'elle entendait pleurer une fillette qui devait être morte depuis quarante ans ? !!!
Claudine secoua la tête tristement et Clémentine s'agenouilla près d'elle.

- Oui mais grâce à toi, nous allons sans doute retrouver son corps. Grâce à toi car elle a sûrement voulu entrer en contact avec une petite fille de son âge et grâce à Hélène qui a su lui parler en quelque sorte. Tu sais, je crois réellement à une seconde vie après la mort et je crois savoir ce que désire cette fillette qui s'appelait Lucie, et elle lui raconta le désir de lumière de cette enfant si souvent enfermée dans le noir. Harmonie acquiesça et murmura d'une voix étouffée :
- Je comprends …

Et elle pleura doucement. Elle s'endormit en pensant à cette petite malheureuse.

Le lendemain se trouvait être un samedi. Michel et Claudine, accompagnés seulement d'Harmonie – ils préféraient laisser en dehors de tout cela leur jeune fils Laurent – mais aussi d'Hélène et Clémentine, se rendirent donc en forêt de Sénart. Clémentine les conduisit donc au chêne d'Antin et à quelques mètres du tronc noirci, Hélène s'arrêta, saisie d'un coup d'un trouble immense. Elle palpa la terre à deux ou trois endroits différents et s'arrêta sur une parcelle de terre bien précise.

- C'est ….. c'est bien là. C'est bien cet arbre. Elle doit être là, je crois. Oh mon Dieu, c'est horrible. Si on m'avait dit un jour que ce don me servirait à retrouver un cadavre…

Michel la prit affectueusement par les épaules.

- En tout cas, votre don va sans doute nous servir à ne pas devenir tous fous. Merci Hélène, merci. Mais maintenant, je ne vois pas d'autre solution que d'avertir la police … s'ils veulent bien nous croire …

Finalement, ils se retrouvèrent tous au commissariat et ils eurent la grande surprise de tomber sur un inspecteur très compréhensif pour ce genre de cas.
La semaine suivante, ils furent tous convoqués un matin auprès du chêne d'Antin et une équipe d'hommes se mit à creuser à l'emplacement indiqué par Hélène. Après une demi-heure d'efforts, l'un des policiers s'arrêta.

- Je touche quelque chose.

Il dégagea l'endroit avec sa main et eut un réflexe de rejet en arrière car il venait de faire apparaître ce qui ressemblait à une clavicule.
Michel et Claudine se broyaient les mains mutuellement tandis qu'Hélène attendait la suite anxieusement. Quant à Clémentine, elle se mit à pleurer à chaudes larmes lorsque le petit corps recroquevillé apparut entièrement. Il restait par ci, par là, des

lambeaux de tissu. Les policiers dégagèrent complètement le corps et le sortirent. L'un d'eux interpella son chef.

- Nous avons aussi trouvé cela dans le trou et il lui tendit une pipe.

Clémentine eut un sursaut et s'approcha. Malgré l'usure due au temps, on pouvait nettement distinguer deux lettres : M.L.

- Cela vous dit quelque chose Madame ?

Clémentine ravala sa salive.

- Le beau-père de la petite s'appelait Maurice Létang !

La suite des démarches ne pouvait se concevoir sans prévenir Mélanie Létang, ce que fit l'inspecteur par l'intermédiaire de sa sœur Christine, car il avait été prévenu par Michel de la fragilité de sa santé mentale. Elles arrivèrent toutes les deux un après-midi au commissariat où on lui expliqua la découverte d'un corps. Elle, jusque-là impassible, sortit peu à peu de sa léthargie.

- Nous allons pratiquer sur vous des tests ADN pour être sûr qu'il s'agit bien du corps de votre fille mais par ailleurs, un de mes hommes a trouvé dans le trou, près du corps, une pipe marquée de deux initiales, lui expliqua le jeune inspecteur.
- Une pipe ? dit-elle d'un air interloqué.

Et tout à coup, c'est comme si tout lui revenait à la mémoire.

- Dans les jours de la disparition de ma petite Lucie, mon mari se plaignait d'avoir perdu sa pipe ...

Elle poussa un cri étouffé et se mit à sangloter.

- C'est donc lui qui l'a tuée ! C'est affreux, c'est affreux ! C'était un monstre ; il détestait Lucie !
- Madame, si je vous montre cette pipe, pourriez-vous l'identifier ?
- Oh oui, je peux même vous dire qu'une petite plante était sculptée sur le fourneau de la pipe. C'était moi qui la lui avait offerte et j'avais fait graver ses initiales sur le tuyau : M.L.

L'inspecteur sortit la pipe qui se trouvait enfermée dans un sac comme pièce à conviction, dans son bureau et la tendit à Mélanie. Celle-ci eut un mouvement de recul et acquiesça de la tête.

- C'est bien la sienne. Elle sera tombée de sa poche pendant qu'il enterrait ma pauvre petite loupiotte.
- Il a laissé sa signature sans le vouloir, poursuivit l'inspecteur, remué par toute cette affaire, malgré les années écoulées depuis le meurtre.
  Quelque temps s'écoulèrent avant que tout fût mis au clair mais Christine, pendant ce temps, sans parler des paquets que recevait la famille Chabot, raconta à sa sœur ce qui se passait chez eux, et ce avec mille précautions car elle craignait de provoquer un grand trouble dans l'esprit déjà fatigué de Mélanie. Elle fut très surprise de sa réaction . Celle-ci, comme rassurée de

l'existence de sa fille dans une autre vie, émit le vif désir de rencontrer Harmonie et ses parents ainsi qu'Hélène et Clémentine.

Ils se réunirent donc tous un après-midi et c'est avec une grande émotion que Mélanie s'approcha de la petite Harmonie car c'était comme si elle retrouvait sa fillette au même âge qu'elle l'avait quittée. Elle prit les mains de la petite.

- Lucie était une gentille petite fille, avec un cœur gros comme ça, dit-elle en écartant les mains, et si elle t'a choisie, toi, pour se faire entendre, c'est que tu dois être toi aussi une fillette au grand cœur ; peut-être aurait-elle voulu être ton amie …

- Je lui aurais prêté mes poupées et mes livres et on aurait bavardé ensemble !

Mélanie lui passa la main dans les cheveux d'un geste affectueux et sourit tristement. Elle se retourna vers Hélène et Clémentine.

- Je ne sais comment vous remercier toutes les deux …

Les deux vieilles femmes se regardèrent d'un air complice et Clémentine s'avança vers Mélanie pour lui prendre le bras.

- Vous souvenez-vous de ce que Lucie nous a dit un jour dans ce même jardin ?

Mélanie opina de la tête avec un pauvre petit sourire.

- Oui, la prairie, le soleil.

- Hélène est convaincue que si vous acceptiez de brûler les ossements de ce petit corps et de les disperser au soleil, la petite Harmonie n'entendrait plus Lucie pleurer la nuit...
- Vous avez sans doute raison, elle a été si souvent enfermée dans le noir. Elle mérite de communier chaque jour avec le soleil à présent.

Ce qui fut fait par un magnifique après-midi de décembre. Mélanie dispersa avec ferveur les cendres de sa fille dans une clairière, entourée de ses nouveaux amis. Puis Christine et Mélanie rentrèrent à Granville ; Hélène reprit le train pour retrouver son village d'Auvergne et tous se promirent de donner des nouvelles régulièrement.

Les fêtes de fin d'année se déroulèrent sans incident car effectivement, depuis le jour où les cendres de Lucie eurent été dispersées, Harmonie ne fut plus jamais réveillée la nuit par ses pleurs, de même qu'aucun paquet bleu ne parvenait plus au domicile des Chabot.

Le dernier soir des vacances scolaires de Noël, une fois que les enfants furent couchés, Claudine et Michel se mirent sur le canapé pour lire. Michel prit la main de sa femme.

- Comme on est bien maintenant, dit-il avec un soupir de contentement. Les enfants sont heureux, ils ont passé de super vacances et nous aussi, nous avons enfin pu nous reposer après tous ces mois d'angoisse.
- C'est fini mon amour, dit-elle en lui passant la main dans les cheveux. Tout est rentré dans l'ordre pour

Harmonie … pour la petite Lucie, pour nous tous. Nous voici apaisés, et elle embrassa amoureusement Michel.

Tandis que tous deux s'embrassaient en se caressant fougueusement, là-haut, dans sa chambre, Harmonie était assise à son bureau, un grand cahier devant elle. Elle semblait plongée dans l'écriture de quelque chose de réellement captivant ; cependant sa main écrivait très lentement mais ce n'était pas son écriture habituelle. Elle écrivait comme hypnotisée, d'une écriture mécanique.

BONJOUR HARMONIE…… JE M'APPELLE LUCIE ……

L'APPRENTIE SORCIERE

Laure, une jolie jeune femme de quarante ans, un bouquet d'arums à la main, marchait lentement dans la rue lorsqu'une vieille 4 L beige s'arrêta à sa hauteur. Comme il faisait chaud, la fenêtre côté passager était baissée. La femme qui se trouvait au volant se pencha vers elle et lui demanda très courtoisement et très poliment, avec un grand sourire, de lui indiquer le cimetière. Laure lui répondit gentiment qu'elle était dans la bonne rue et qu'il suffisait d'aller jusqu'au bout. La dame la remercia et redémarra. Laure sourit en voyant la voiture s'éloigner, bien qu'elle-même se rendit au cimetière pour déposer quelques fleurs sur la tombe de Nicolas, son mari, décédé depuis plus d'un an et dont elle ne pouvait effacer le manque malgré les douze mois écoulés.

Cette dame d'une soixantaine d'années lui rappelait Eglantine Price, rôle joué par Angela Lansbury dans l'Apprentie Sorcière de Walt Disney. Même permanente impeccable, même petite robe bon chic, bon genre, un peu guindée mais sachant se tenir dans toutes situations. Laure qui avait baissé les yeux un instant les releva en direction du cimetière et constata, intriguée que la voiture de la dame avait déjà disparu.

-   Elle est rapide, la mamie ! pensa Laure, amusée.

Elle pénétra dans le cimetière et se dirigea vers la droite. Tandis qu'elle mettait à la poubelle les roses fanées de la semaine précédente et remplissait de nouveau le vase tout en parlant à Nicolas, elle aperçut encore plus loin la dame à la 4 L qui dépoussiérait une tombe tout à fait au fond du cimetière. La dame croisa son regard et lui envoya un petit signe de la main auquel Laure répondit un peu gênée. Puis elle se concentra de nouveau et émue comme toujours lorsqu'elle se trouvait devant la tombe de l'homme de sa vie à jamais disparu, elle lui dit d'une voix étouffée par le chagrin :

-   Tu me manques, mon amour …

Et elle resta là un petit moment, perdue dans ses souvenirs. Elle entendit un bruit de pas sur le gravier, se dirigeant vers elle. En relevant la tête, elle reconnut la « mamie très comme il faut ».

-   Vous aussi vous venez dire un petit bonjour à un être cher ? dit cette dernière d'un air avenant.
-   Oui, mon mari. Il a eu un accident de la route il y a un an et demi. Il a été obligé de freiner à cause d'un poids lourd qui déboîtait et il a perdu le contrôle de sa voiture, répondit Laure tristement.
-   Moi aussi, je viens rendre visite à mon vieux mari. Mais lui, il est mort depuis bientôt vingt ans. Longtemps, on croit qu'on ne s'habituera jamais à cette place vide à table, dans le lit, sur le canapé et puis le temps efface un peu le chagrin et l'on découvre qu'il peut y avoir d'autres joies, d'autres bonheurs dans notre vie, même si cet être qui a partagé notre quotidien pendant des années, reste … irremplaçable. Mais si nous sommes en vie, c'est pour la consommer pleinement. A nous donc de trouver d'autres pistes, d'autres raisons de vivre. Je suis sûre que … comment s'appelait votre mari ?
-   Nicolas.
-   Je suis sûre que Nicolas ne voudrait pas vous voir pleurer comme une madeleine devant sa tombe et qu'il préfèrerait que vous mordiez la vie à pleines dents.

Laure esquissa un sourire.

- Vous avez sans doute raison mais ce n'est pas facile, du moins pour le moment ; je me sens incapable de penser à autre chose qu'à lui.
- Regardez autour de vous : la nature, les animaux, l'art, le monde vous tend les bras ! Je suis sûre que quelque part, quelqu'un a besoin de vous … Allez, je vous laisse mon enfant, dit-elle en tapotant gentiment l'épaule de Laure en signe de réconfort.
A une autre fois, peut-être …
- Au revoir … et … merci.

Comme la dame s'éloignait, Laure réalisa tout d'un coup que celle-ci lui avait demandé de lui indiquer le chemin du cimetière alors que son mari était enterré depuis vingt ans !

- Elle doit être un peu toquée mais elle est bien gentille quand même cette brave dame.

Pour Laure, la semaine s'écoula paisiblement. Ses deux grands enfants de dix-huit et vingt ans venaient de partir en vacances avec leurs copains et copines et elle se trouvait donc seule dans la maison. Etant professeur des écoles, elle se trouvait elle aussi en vacances et une fois son fils et sa fille partis, elle se mit à ranger ses cours de l'année écoulée, à mettre de l'ordre et à nettoyer chaque pièce, le mois de juin à l'école lui laissant généralement peu de temps libre. Elle déjeuna au soleil et en buvant un café, elle se dit que certes, elle ne manquerait pas d'occupation cet été mais elle ressentait le besoin de voir ses amis ; aussi, elle prit le téléphone et commença à appeler ses deux copines les plus proches qui elles aussi travaillaient dans l'enseignement et se trouvaient donc disponibles. Elles mirent au point des journées shopping, piscine et ballades. Lorsque Laure raccrocha, elle se sentit régénérée mais son regard se posa sur son magnifique jardin où bruissaient à ce moment-là les bambous froissés par une légère brise. Elle aimait ce bruit, elle aimait travailler ou lire sur un bain de soleil sous ces bambous, en regardant le bassin où s'agitaient les roseaux qui lui rappelaient toujours la fable de La Fontaine. Mais à quoi bon tant de merveilles si c'était pour en profiter toute seule ? Justement, là était bien son problème. Laure était le genre de femmes qui ne s'ennuient jamais car la vie maintenant qu'elle était veuve ne lui laissait pas de répit et de plus, elle s'intéressait à tant de choses que la vie entière ne serait pas suffisante pour lire tous les livres, découvrir tous les tableaux, apprendre les différentes langues, sillonner les villes et les pays du monde entier, mais elle était SEULE … Personne au quotidien à qui parler du dernier livre lu, personne pour partager cette émotion particulière en découvrant un tableau de maître dans un musée, personne à ses côtés tous les jours de sa vie. Les amis l'entouraient gentiment, affectueusement mais il lui manquait cette étincelle, cette complicité, ce processus chimique qui unit deux êtres sans que l'on sache pourquoi.

Un beau bouton de rose jaune lui fit un clin d'œil et le trouvant fort à son goût, elle alla chercher un sécateur et le coupa en lui laissant une grande tige. L'envie soudaine de porter cette rose à Nicolas la chatouilla et elle ferma les portes de la maison pour se rendre au cimetière. Elle avait besoin et envie de lui parler et de lui parler, là-bas !

D'un pas guilleret, elle se dirigea vers sa tombe en traversant un cimetière où pas une âme vive ne circulait, si vous me permettez l'expression !

Elle fit part à Nicolas de sa solitude et serait restée ainsi un bon moment à bavarder avec lui car cela lui semblait une chose tout à fait naturelle, croyant fermement à une vie après la mort, si elle ne s'était tournée en direction du mur du fond du cimetière et n'avait aperçu la dame très distinguée de la semaine précédente.

- Tiens, Miss Eglantine ! J'aurais juré être toute seule dans le cimetière ...

Cette dernière, un petit balai à la main, époussetait la même tombe que la fois précédente. Elle fit de nouveau coucou à Laure en levant comiquement son balai et cette fois-ci, Laure, charmée par le style très particulier de la dame, lui répondit avec un grand geste de la main. Notre petite bonne femme finit d'arranger quelques fleurs sur la tombe de son mari et partit à la rencontre de Laure qui elle aussi s'apprêtait à sortir.

- Bonjour ! Je ne me suis pas présentée la dernière fois, je m'appelle Rose ... Rose Adam.
- Laure Maneau, répondit-elle avec un sourire, amusée intérieurement en pensant que ce n'était pas une églantine mais une rose ! Ce prénom lui allait à merveille.

Elles bavardèrent quelques instants et se séparèrent à la sortie du cimetière. Laure, arrivée au bout de la rue, fut presque déçue de ne pas être dépassée par la 4 L beige, elle aurait bien aimée faire un petit au-revoir de la main à sa conductrice. Il est des gens comme ça avec qui l'on se sent bien tout de suite. Dommage, ce serait pour une autre fois, se dit-elle, puisqu'elle semblait être une habituée du lieu, bien que depuis plus d'un an qu'elle se rendait au cimetière, Laure ne semblait pas avoir remarqué cette « petite Rose pimpante » !

Elle passa l'après-midi suivant à la piscine avec son amie Sophie. Après plusieurs longueurs pour éliminer les crêpes qu'elles avaient dévorées au déjeuner, elles s'allongèrent sur leurs serviettes au soleil et Laure ne put s'empêcher de raconter à son amie sa rencontre avec Rose.

- C'est une drôle de bonne femme ! Elle semble apparaître comme par magie dans l'éclat d'une bulle de savon. Un instant auparavant, elle n'est pas là et tout à coup, pfft, elle apparaît !
- C'est peut-être réellement une apprentie sorcière !

Laure rentra chez elle et dormit d'un profond sommeil. Elle se réveilla avec une idée en tête et elle savait que ce qu'elle projetait l'occuperait une bonne partie de la journée. Dans trois jours, ce serait l'anniversaire de Nicolas et elle voulait déposer sur sa tombe un présent original et fabriqué de ses mains. Elle se souvenait qu'au sous-sol, traînait une mini charrette en bois qu'on lui avait offerte une ou deux années auparavant avec une composition de fleurs. Elle alla la chercher et entreprit de la nettoyer, puis elle passa dessus de la lasure à deux reprises et le lendemain, elle la vernit et la laissa sécher. Le surlendemain, elle remplit la charrette de terre et déposa à l'intérieur, un mini rosier jaune qu'elle venait d'acheter pour l'occasion. Une fois son travail terminé, elle se recula pour juger de l'affaire et se dit que cette petite charrette avec sa lasure dorée se mariait de façon ravissante avec le jaune pastel des roses. Elle ôta sa salopette de travail et se changea pour aller déposer son cadeau. Toute guillerette, elle entra dans le cimetière et fit dc la place sur la pierre tombale pour y mettre sa charrette de fleurs.

- Je n'ai pas amené de bougies et de gâteau mais je suis là quand même. Qu'est-ce que tu penses du travail de ta petite femme ? Pas mal, hein ? Je suis fière de moi quand même !

Elle resta un long moment ainsi à bavarder avec son fantôme chéri quand tout d'un coup, elle sentit une présence derrière elle. Elle sursauta et se retourna.

- Oh, c'est vous, vous m'avez fait peur !
- Et oui, ce n'est que moi ; qui vouliez-vous que ce soit ? Un fantôme qui vous attaque ? ! dit notre énigmatique Rose du cimetière, en riant à gorge déployée. Ouf, j'ai chaud ; vous permettez ? Et elle s'assit sur le bord de la tombe de Nicolas en s'éventant avec une revue qu'elle tenait à la main.

Laure la regarda, complètement désarçonnée par son attitude.

- Dites-moi, c'est très joli cette petite chose, dit-elle en pointant un doigt vers la mini-charrette.
- C'est moi qui ai retapé la charrette et arrangé les fleurs à l'intérieur.
- C'est très mignon. Vous avez du goût et des idées. Vous me faites penser à un jeune homme, enfin jeune homme ….. un homme de votre âge plutôt, pas un adolescent, qui habite une maison dans la rue de l'église. Il a créé plusieurs objets comme celui-ci et les a éparpillés dans son jardin : un moulin, un vieux pressoir, un puits … A chaque fois que je passe devant sa maison, je m'arrête pour admirer toutes ses créations. C'est vraiment charmant tous ces objets anciens qu'il fleurit, avec très bon goût, en plus.
- Ah ? Je ne passe pas souvent dans cette rue.

- Vous devriez aller voir ; cela vous donnerait des idées pour des créations futures.
- …..
- Bon, je me sauve. J'étais juste venu apporter une composition de fleurs sur la tombe de ma belle-mère, c'est de la part de sa sœur qui ne peut plus se déplacer. Et je vous ai aperçue, alors je suis venue vous faire un petit coucou.
- Merci, c'est gentil.
- A une autre fois. Je vous laisse, je suis attendue, dit-elle avec un sourire énigmatique.
- Au revoir.

Et Laure la regarda s'éloigner à pas pressés. Elle admira un instant sa charrette puis elle se dit qu'il était temps de rentrer lorsqu'elle aperçut sur le côté de la tombe la revue que Rose avait posé à terre après s'être éventée. Elle la ramassa et se dit que ce serait une occasion pour offrir à boire à sa nouvelle connaissance. Laure, en se dirigeant lentement vers la sortie, regarda machinalement la page de couverture de la revue. Il s'agissait d'une revue de cinéma avec Patrick Swayze, Demi Moore et Whooppi Goldberg pour la sortie du film « GHOST ».

- Et bien, elle ne date pas d'hier sa revue ! 1990 ! C'est sans doute pour ça qu'elle m'a parlé de fantôme … Sacrée bonne femme, dit-elle en riant doucement.

Quelques jours plus tard, Laure qui effectuait quelques courses en centre ville : pharmacie, librairie, boulangerie mais qui n'était donc pas chargée, repensa à la maison dont Rose lui avait parlé et piquée par la curiosité, elle se décida à prendre la rue de l'église. Elle trouva enfin le dit jardin et s'arrêta, subjuguée, sa baguette de pain dans les bras. De la margelle d'un mini-puits en pierre dépassaient des bégonias de différentes couleurs tandis que des belles de jour s'enroulaient autour de la chaîne ; dans une charrette, bien plus grande que la sienne, explosaient des cascades de pétunias, un demi-tonneau abritait des lys d'une blancheur divine, tandis qu'un autre croulait sous une masse d'œillets retombants rouges et blancs entrelacés.

- Vous aimez ?

Laure sursauta.

- Oh excusez-moi, je ne vous avais pas vu, dit-elle confuse d'être surprise ainsi à regarder par-dessus la barrière de bois.
- Mais il n'y a pas de mal ; mon travail est fait pour charmer les passants et ….. les passantes ! ajouta le jeune homme au regard d'un bleu profond.
- C'est fantastique ce que vous faites !
- Merci.

Laure lui posa quelques questions sur la façon dont il s'y prenait pour construire tous ces objets et ils se mirent à bavarder jardinage par la suite. Voyant qu'elle s'intéressait vraiment à sa passion, il lui proposa de venir voir son atelier où il était en train de bâtir une charrue en bois. Laure hésita et se retourna un peu inquiète qu'un homme qu'elle ne connaissait pas un quart d'heure plus tôt l'invita à entrer chez lui mais elle fût rassurée en constatant qu'un couple de papi-mamie se trouvait dans je jardin juste en face et qu'ils pouvaient les observer à loisir.

- Oh pardon ; je m'appelle Charles Frérant.
- Laure Maneau.

Et Charles, passionné par le bois, la pierre et les fleurs entama une longue discussion avec Laure qui partageait son amour de la terre et des matériaux nobles. Ils ne virent pas le temps passer.

- Oh, il faut que je m'en aille. En plus, je dois vous ennuyer avec toutes mes questions.
- Pas du tout, pas du tout. Cela me fait plaisir de rencontrer quelqu'un de passionné et qui veuille bien m'écouter, dit-il en souriant gentiment.
- A une autre fois peut-être.

Et Laure se dirigea vers le portail.

- Je peux peut-être vous inviter à dîner ? ajouta-t-il en avalant sa salive, tandis que Laure lui tournait le dos.

Celle-ci s'arrêta et se retourna lentement, envahie par une rougeur soudaine. Elle le regarda dans les yeux et se dit que ceux-ci ne pouvaient pas abriter un mauvais bougre.

- Demain soir si vous êtes libre ? reprit-il, intimidé et craignant une réponse négative.
- Oui ….. oui, pourquoi pas ? dit-elle en souriant.
- Venez ici à 20 heures, je connais un très bon restaurant gastronomique. Je n'aime pas que les fleurs ; j'apprécie

aussi de déguster un bon repas, et qui plus est, en charmante compagnie.

Au cours du repas, les deux jeunes gens se livrèrent chacun à leur tour. Il leur semblait tout naturel de raconter leur vie passée, leurs joies et leurs blessures. La compagne de Charles, qui n'avait jamais voulu d'enfant, l'avait abandonné sans explication au bout de dix ans de vie commune, c'est pourquoi celui-ci ressentait une certaine difficulté à accorder de nouveau sa confiance à une femme. Et pourtant ce soir-là, en compagnie de Laure, il ressentait une douceur, un bien-être et un besoin de se confier en présence de cet être qui semblait si fragile et si fort à la fois.

Le besoin de se revoir tous les jours naquit instantanément dans leur cœur. Leur première nuit d'amour fut hésitante au début parce que tous les deux se trouvaient chargés d'un passé difficile à oublier mais les caresses de Charles, incomparables à celles de Nicolas mais tout aussi divines, et les baisers de Laure, plus doux et réconfortants que la trahison de son ancienne compagne, les unirent indéfectiblement par une mystérieuse alchimie.

Et c'est ainsi qu'une nouvelle vie à deux, riche et intense, commença. Ce n'est pas pour autant que Laure délaissait la tombe de Nicolas. Elle s'y rendait seule, en toute quiétude à présent, comme si elle allait rendre visite à un vieil ami. Elle racontait sa nouvelle passion à son ancien amour, de manière très simple et d'une voix enjouée. Elle se sentait comprise et en confiance.

Le mois de septembre venait de commencer et elle se fit la remarque qu'elle n'avait pas revu Rose, son apprentie sorcière, depuis un bon moment.

- J'espère qu'il ne lui est rien arrivé de grave. Elle est peut-être tout simplement en vacances.

Un jour cependant, Charles émit le désir d'accompagner Laure au cimetière. Celle-ci parut gênée, hésitante comme si elle devait dévoiler une partie de sa vie à un inconnu. Charles saisit et comprit son trouble.

- Oh mais ne t'inquiète pas. Si tu ne veux pas que je reste auprès de toi lorsque tu iras sur la tombe de Nicolas, ce n'est pas un problème pour moi. Je comprends parfaitement que tu ressentes le besoin de lui parler seule à seul. Je veux simplement me rendre sur la tombe de ma vieille tante et de mon oncle pour la nettoyer un peu et y porter quelques fleurs fraîches. C'était la sœur de ma mère et je l'aimais beaucoup. Maman est morte lorsque j'avais dix-sept ans et ma tante s'est beaucoup rapprochée de moi à ce moment-là, m'apportant le réconfort et la tendresse que mon père, trop réservé, ne pouvait me donner. En plus, elle était drôle, tu ne peux pas imaginer ! Un peu excentrique mais dévorant la vie à pleines dents et elle a su me communiquer cette soif de vivre. Elle reste toujours présente dans mon cœur bien que cela fasse dix ans qu'elle m'ait laissé tomber à son tour et c'est pourquoi de temps en temps, je vais causer un peu avec elle sur sa tombe.

Laure acquiesça, rassérénée par les explications de Charles. Ils se rendirent au cimetière, en se tenant par la main, chacun un bouquet de fleurs dans la main libre.

- Je peux t'accompagner sur la tombe de ton oncle et de ta tante d'abord ? demanda Laure d'une voix timide.

- Bien sûr, mon amour !

Charles, en compagnie de Laure, se dirigea vers le fond du cimetière. Cette dernière eut un mouvement de recul lorsqu'elle comprit que Charles se dirigeait vers la tombe que Rose nettoyait régulièrement. Charles, se méprenant sur son attitude, se retourna et l'encouragea avec un sourire, en lui tendant la main. Laure prit cette main fermement et s'avança vers la tombe. Elle leva les yeux vers la stèle et soudain ses yeux s'agrandirent. Elle laissa tomber le bouquet de fleurs destiné à Nicolas et resta là, médusée, pétrifiée par ce qu'elle découvrait en regardant cette stèle, d'un beau marbre noir. Deux photos en médaillon y étaient fixées et dessous, l'on pouvait lire :

LOUIS ADAM   **ROSE ADAM**

1920-1988   **1925-1998**

Sur la photo, Rose semblait sourire de manière bien espiègle !

POST-SCRIPTUM : CHERCHE ROMANCIER

L'automne est bien installé à présent pensa Adeline en remettant une bûche dans la cheminée. Mais cela ne la dérangeait pas vraiment. Elle aimait se lever au petit matin, en même temps que Jean-Luc, pour ouvrir les volets et frissonner dans le brouillard. Elle en avait un peu assez de cet été qui s'éternisait, ramollissant son cerveau. L'inspiration l'avait quittée depuis quelque temps mais les frimas de novembre lui redonnaient l'espoir d'écrire à nouveau. Elle se sentait bien dans cette belle maison en pierres apparentes. Jean-Luc l'avait héritée de ses parents et comme eux, il continuait à travailler la vigne. Ce n'était pas immense mais cela représentait une demeure de charme d'antan avec son parquet, ses poutres apparentes, et Adeline pouvait passer des heures à écrire devant le feu de cheminée, à écrire ….. ou à rêver, comme en ce moment car sa page restait lamentablement blanche depuis quelques jours. Des idées apparaissaient telles de petites bulles dans sa matière grise mais quelques secondes après ….. FLOP ….., les bulles éclataient car rien de concret ne s'ensuivait et le stylo restait en l'air.

A regret, Adeline rangea ses affaires en entendant les voix de Jérôme et Nadia, ses deux enfants qui rentraient l'un du lycée, l'autre du collège. La jeune femme remisa sa blouse de romancière pour enfiler celle de maman et de maîtresse de maison.

Vers vingt-trois heures, Adeline referma « Le petit matin » de Christine de Rivoyre, éteignit la lumière et se colla contre Jean-Luc qui dormait déjà. Elle remua quelques pensées chagrines en pensant à sa journée peu gratifiante au point de vue travail littéraire mais la chaleur émanant du corps de Jean-Luc l'enveloppa bientôt d'une douce torpeur et elle s'endormit. Elle fut cependant rapidement réveillée par des bruits de pas sur le parquet du salon qui se dirigèrent ensuite vers l'entrée. Elle rouspéta intérieurement contre Jérôme ou Nadia qui ne devait pas être encore couché à cette heure-ci. Elle entendit encore quelques martèlements de pas sur le carrelage de l'entrée, puis de nouveau vers le salon et en conclut qu'un de ses enfants était allé se recoucher.

Le lendemain matin au petit-déjeuner, Adeline accueillit fraîchement ses deux grands bambins.

- Dites-donc, faudrait peut-être vous coucher un peu plus tôt le soir. Lequel de vous deux est venu farfouiller dans l'entrée à minuit ou à je ne sais quelle heure ?

Nadia et Jérôme se regardèrent d'un air interrogateur.

- J'ai une interro d'histoire coton aujourd'hui ; j'ai bossé jusqu'à 22h30 et j'ai éteint. Ça risque pas d'être moi ! affirma Jérôme.
- Mais moi non plus ! Le prof de gym nous a achevés avec sa course d'endurance. J't'assure qu'il a pas fallu me bercer hier soir.
- Comme d'habitude, ce n'est personne ! Vous ne viendrez pas vous plaindre si vos études en pâtissent !

Les deux adolescents déjeunèrent d'un air bougon et partirent pour l'école.

La journée pour Adeline se passa comme la précédente : panne sèche. Elle désespérait de retrouver l'inspiration.

- Mon recueil de nouvelles a bien marché mais si ça continue comme ça, je n'aurai bientôt plus le choix ; ce sera pointer à l'ANPE ou faire des ménages !

Elle se coucha tristounette et confia ses déboires à Jean-Luc.

- Ne t'inquiète pas ; ce n'est qu'une mauvaise passe. Tu crois que tous les écrivains lorsqu'ils s'attablent devant leur feuille blanche se mettent aussitôt à pondre quelque chose ? Cela demande parfois du temps … Peut-être qu'une idée va germer en inspectant un passant dans la rue ou en regardant un film ou un documentaire à la télé. Tu me dis toujours que l'écrivain est comme une éponge : sors, promène-toi, vas à Bordeaux, installe-toi à la terrasse d'un café, et tu verras, j'en suis sûr, bientôt tu pourras essorer l'éponge !

Adeline se mit à rire.

- Je t'adore !

Et ils s'embrassèrent amoureusement.

- Ah non ! Encore un qui n'est pas couché !
- Tu as entendu quelque chose ?

- Mais oui, écoute. Il y en a un des deux dans le salon. Pas de chance pour eux, les lames du parquet grincent par endroit.
- Ah oui. Tu as raison. J'y vais.

Jean-Luc se leva et enfila son peignoir. Leur chambre se trouvait vers le fond de la maison ; il se dirigea donc vers le salon où il entendait toujours les pas.

- Mais qu'est-ce qu'ils fabriquent à cette heure-ci ? pensa-t-il en pétard contre ses enfants.

Arrivé près du canapé, il alluma la lumière.
Personne ! Plus de bruit de pas non plus. Il alla vérifier vers l'entrée. Personne !
Perplexe, il retourna se coucher.

- Alors, c'était lequel des deux ? Je ne t'ai pas entendu lui passer un savon !
- Je n'ai pas passé de savon à qui que ce soit car il n'y avait personne !
- Tu plaisantes ?
- Non, je ne plaisante pas ! Le bois doit travailler la nuit et on prend ça pour quelqu'un qui marche.
- Mais Lou-Lou, hier soir, j'ai entendu des pas sur le plancher ET sur le carrelage ! Il ne travaille pas, lui, à ce que je sache !
- J'en sais rien. Je n'y comprends rien.

Ils se serrèrent l'un contre l'autre, décontenancé chacun de leur côté et n'osant plus aborder le sujet. Une certaine crainte les prit tous les deux mais ils finirent par s'endormir, rassurés par la présence de l'autre.

Au petit déjeuner, ni l'un, ni l'autre ne voulurent aborder le sujet avec les enfants qui semblaient, quant à eux, avoir passé une excellente nuit. Lorsqu'il furent partis, ils se mirent à discuter.

- Qu'est-ce qu'on fait si ça recommence ce soir ? interrogea Adeline.
- ….. Je ne sais pas. A ton avis, de quoi peut-il s'agir ?
- Ecoute, ça ne peut pas être des petits plaisantins qui pénètrent dans la maison. La porte et les fenêtres sont toujours fermées de l'intérieur lorsqu'on se lève le matin. ….. Dis-moi, du temps de tes parents, tu n'as jamais entendu dire qu'il y avait eu un crime dans cette maison ?

Jean-Luc se mit à rire.

- Ah non ! Alors là, je crois que tu prends une fausse piste. Parce que tu crois que ce pourrait être la victime qui vienne hanter les lieux. Je t'assure que je n'ai pas vu de gros boulet avec une chaîne tiré par un drap blanc ! Ah – Ah – Ah !
- C'est malin ! J'émettais une idée, c'est tout. Ça existe les esprits qui essayent de communiquer avec les vivants.
- Mouais. Mais en tout cas, la maison date de 1860 et je n'ai jamais entendu parler de crime. Bon, mais je prendrai quand même le fusil de chasse de Papa avec moi ce soir.
- Oh, je n'aime pas beaucoup ça. Et si c'était un des enfants qui descendait pour de bon cette fois ?
- Ne t'inquiète pas. Je ne tirerai pas dans l'obscurité.

Le soir même, le même scénario que la nuit précédente se déroula et ainsi de suite chaque soir de la semaine. A chaque fois que Jean-Luc arrivait dans le salon, le bruit des pas s'arrêtait.

- C'est tout de même bizarre … S'il y a un revenant dans cette maison, il n'est pas bien courageux ; il ne risque pas de nous faire beaucoup de mal, dit Jean-Luc que cette histoire de fantôme commençait à amuser. J'ai l'impression de jouer au chat et à la souris avec lui.

Adeline restait songeuse et semblait réfléchir.

- Et si ce n'était pas toi qu'il voulait voir ? Car c'est toujours toi qui te lève.
- Je t'assure que je n'ai supprimé aucun de tes anciens amants ; donc, ils ne peuvent pas revenir me chatouiller les pieds !

Adeline lui fit une grimace. Puis d'un air décidé, elle déclara fermement :

- Ce soir, c'est moi qui me lève. Et tu me suis de loin.

Jean-Luc la regarda d'un air interloqué, ne voyant pas bien où elle voulait en venir mais ne répliqua rien. Après tout, elle avait peut-être son idée.

- Les femmes ont souvent plus d'intuition que nous, se dit-il par devers lui.

Le soir même, Jean-Luc et Adeline piquaient du nez sur leur bouquin respectif dès 21h30. Il est vrai que les nuits étaient un peu courtes et mouvementées depuis quelque temps. Aussi, ils décidèrent d'éteindre rapidement et s'endormirent d'un sommeil profond. Il faut dire que si ces bruits de pas les avaient vraiment inquiétés au début, ils avaient fini par s'y habituer, constatant que « l'individu » en question ne leur voulait pas grand mal.

A deux heures du matin cependant, Adeline se réveilla brusquement et secoua Jean-Luc.

- Ça recommence ! J'y vais. Mais tu te tiens un peu loin derrière moi ….. enfin, pas trop loin quand même.

Jean-Luc dodelina de la tête, à moitié réveillé. Adeline enfila pantoufles et robe de chambre et avança sur la pointe des pieds dans le couloir qui menait au salon où elle entendait distinctement le plancher craquer comme si quelqu'un faisait les cent pas sur le tapis et autour du fauteuil, près de la table de la salle à manger également. Elle allait doucement en retenant son souffle, avec la main droite en avant tenant le rouleau à pâtisserie qu'elle avait pris la précaution de dérober à la cuisine avant de se coucher, sans que Jean-Luc ne s'en aperçoive, et la main gauche en arrière comme pour permettre à ce dernier de la retenir et de la protéger si un danger menaçait. Arrivée dans le salon, elle alluma une petite lampe qui se trouvait sur un guéridon et déposait un pâle halo dans la pièce. Elle ne vit rien mais les pas continuaient à se déplacer. Elle fit signe à Jean-Luc de la rejoindre, le bruit de souliers cloutés se faisant entendre distinctement dans l'entrée. Ils poursuivirent leur mystérieux pensionnaire qui sembla les balader de la cuisine à l'entrée, puis du salon à la salle à manger, comme s'il était indécis. Puis tout à coup, plus rien. Plus un pas, plus un bruit.

- Oh zut, il nous a encore lâchés ! s'exclama Jean-Luc.
- J'ai eu l'impression que les pas s'arrêtaient au pied de l'escalier, pas toi ?
- Oui, j'ai vaguement eu cette impression aussi.

Jean-Luc termina sa phrase lentement, un ton plus bas et tendit l'oreille.

- Ecoute ! Ça grince là-haut maintenant !
- Montons !

Ils se précipitèrent dans l'escalier car ils craignaient pour Jérôme et Nadia mais arrivés en haut, ils s'aperçurent que les bruits de pas ne provenaient pas des chambres de leurs enfants ; on marchait au-dessus de leur tête.

- Le grenier !

Ils grimpèrent l'échelle qui y menait et Adeline ouvrit lentement la porte. Elle crut que son cœur allait exploser tellement il cognait fort dans sa poitrine. Elle appuya sur l'interrupteur et c'était comme si les pas l'invitaient à y rentrer. Elle fit signe à Jean-Luc de rester sur le pas de la porte et avança prudemment. Elle se mit alors à déambuler lentement sous les combles, à l'aveuglette, comme si elle cherchait quelque chose. Elle comprenait soudain que quelqu'un l'avait entraînée sciemment dans cet endroit … Oui, mais pourquoi ? Soudain, alors qu'elle se trouvait face à la lucarne qui laissait pénétrer un magnifique croissant de lune, les pas s'entrechoquèrent comme si quelqu'un voulait décrotter ses chaussures. Adeline hésita, regarda Jean-Luc qui lui fit signe de fouiller cet endroit. Quelques étagères avec des livres poussiéreux qu'Adeline déplaça sans succès puis elle se baissa pour tâter le mur. Rien de particulier et alors qu'elle était accroupie, de nouveau les chaussures à clous invisibles s'entrechoquèrent bruyamment. Elle eut soudain l'idée de palper le sol et en regardant plus intensément, elle s'aperçut que deux ou trois lames de parquet semblaient plus gondolées que leurs sœurs à côté. Elle appela Jean-Luc à sa rescousse car elle n'avait rien pour les soulever. Jean-Luc regarda autour de lui dans le bric-à-brac du grenier et dénicha une espèce de vieux pied de biche qui lui permit de soulever sans aucune difficulté trois morceaux de parquet. Effectivement, cela ressemblait bien à une cachette. Adeline y glissa sa main et en retira un vieux cahier entouré d'un long ruban de satin bleu ciel. Interdite, elle se releva et défit le ruban avec mille précautions . Elle ouvrit le cahier et se mit à feuilleter délicatement les pages. Puis, peu à peu, son visage s'éclaira.

- On dirait comme un journal intime ….. écrit par un homme.
- Si nous redescendions ? Tu vas attraper froid ici. Nous allons lire ce cahier tranquillement dans notre lit.

Et Jean-Luc prit délicatement Adeline par les épaules pour l'entraîner hors du grenier. Il referma la porte derrière eux. Adeline s'arrêta un instant.

- Tu as remarqué ? Au moment où j'ai découvert les lames soulevées, les bruits de pas ont stoppé net.
- Je crois que tu avais raison. Notre mystérieux inconnu voulait te conduire à un endroit précis. Toi ….. et pas

moi ! Pourquoi ? Nous allons peut-être l'apprendre en lisant ce vieux cahier.

Au lit, bien calés l'un contre l'autre, ils se mirent à lire. Le cahier contenait le récit d'un homme désespéré, Alexandre. Ce dernier relatait qu'il était un petit propriétaire terrien en 1905, avec deux ouvriers sous ses ordres tout de même, mais surtout il parlait de son amour fou pour Angélique, une jeune fille de la commune qui habitait au bourg. Celle-ci le lui rendait bien et ne désirait qu'une seule chose : se marier avec lui pour pouvoir partager quotidiennement son existence. Seulement voilà, les parents d'Angélique ne l'entendaient pas de cette façon et souhaitaient lui voir épouser un homme plus richement doté. Aussi, lorsqu'en toute innocence, ils laissèrent leur amour éclater au grand jour et qu'Alexandre se présenta au logis des parents de sa bien-aimée pour demander sa main, il se fit éconduire vertement. On lui laissa entendre qu'il n'était pas le bienvenu et que ces braves gens avaient d'autres vues pour leur fille. Il en résultat un affrontement permanent entre Angélique et ses parents, ce qui ne l'empêcha pas de continuer à voir Alexandre en cachette. Seulement voilà, lorsque les parents découvrirent le pot aux roses, ils emprisonnèrent quasiment leur fille qui ne put plus sortir sans chaperon. Dans le même temps, ils lui présentèrent un notaire bordelais qui possédait le double de son âge mais également un manoir bourgeois et un compte en banque bien garni. Et ils lui firent comprendre qu'ils avaient la ferme intention de la lier par les liens du mariage à ce bedonnant individu dont la bourse était aussi gonflée que son ventre ! La jeune-femme tout d'abord se révolta mais ses parents tissèrent autour d'elle une telle toile d'araignée qu'elle finit par ne plus être capable de réagir et elle sombra dans une mélancolie dangereuse puis dans la quasi folie. Ils l'enfermèrent au loin dans un asile où elle fut brisée pendant quatre longues années. Ses parents, honteux d'être les géniteurs d'une telle ingrate et d'une telle demeurée décidèrent de l'oublier à son triste sort. Peu de temps après d'ailleurs, ils annoncèrent sans ménagement à Alexandre, comme si la faute lui en incombait, qu'Angélique était morte. Evidemment, le pauvre homme peina à se remettre de ce gâchis mais il réussit à refaire surface en rencontrant une gentille fille qui adoucit sa peine en apportant la joie de vivre dans sa maison et quatre beaux enfants.

Jean-Luc et Adeline allaient refermer le livret les larmes aux yeux lorsqu'ils s'aperçurent qu'une enveloppe était collée sur l'arrière cartonnée du cahier. Adeline la retira et l'ouvrit. Il s'agissait d'un post-scriptum un peu particulier. Alexandre s'accusait d'être maladroit dans le brouillon de son récit, de ne pas posséder les qualités littéraires nécessaires à l'écriture d'un bel ouvrage et émettait le vœu que si un écrivain ou une romancière tombait dessus, qu'il ou qu'elle en fasse un grandiose roman d'amour.
Adeline reposa la lettre sur le cahier, très émue ; ses mains tremblaient. Elle tourna son visage baigné de larmes vers Jean-Luc.

- Je ….. je ne parviens pas y croire. Cela fait environ soixante ans que ce cahier est resté dissimulé dans le parquet. Te rends-tu compte que cet homme, Alexandre, est venu me chercher, moi, afin que j'écrive son histoire ? Une telle confiance aveugle en mon pouvoir d'écrivain !

- Je comprends maintenant pourquoi tu n'avais pas d'inspiration depuis un moment. Ce brave Alexandre désirait que tu te concentres entièrement sur son cas. Et bien voilà, tu le tiens ton nouveau best-seller !
- Oh, Jean-Luc !
- Je ne plaisante pas ! Je pense qu'Alexandre est le propriétaire à qui mes parents ont acheté la maison en 1930 ; je crois me souvenir qu'ils m'avaient raconté que cette personne voulait vendre sa propriété car il avait hérité d'un plus grand terrain que son oncle qui n'avait pas d'enfant, possédait dans une commune avoisinante. Et donc, ce monsieur espérait sans doute qu'un écrivain viendrait vivre un jour dans sa demeure, trouverait le brouillon du manuscrit et rendrait publique sa belle histoire d'amour. Il t'a choisie !
- Quelle responsabilité !

Dès le lendemain 08h00, Adeline s'attaqua à son récit ; elle se rendit également plusieurs fois à la bibliothèque universitaire pour se documenter sur la vie des paysans et des propriétaires terriens au début du siècle. Elle ne voulait pas commettre d'impair. Son désir le plus cher était de coller le plus possible à la réalité de l'époque. Elle se sentait investie d'une mission et ne voulait pas décevoir son commanditaire. Mais elle désirait aussi écrire un tragique et sublime roman d'amour. Elle travaillait avec acharnement, fouillant dans les archives de la mairie pour trouver une anecdote, des photos de fête de la commune ou tout autre détail qui aurait pu étayer son ouvrage.

Cela lui prit six mois. Six mois de pur bonheur ! Six mois pendant lesquels elle n'entendit plus le pas d'Alexandre ; ce qu'elle regrettait presque. Cet homme venait à lui manquer parfois, alors elle se contentait de lui parler.

Au mois de juin, elle transmit son manuscrit à son éditeur qui lui téléphona quelques jours plus tard, enthousiasmé par son histoire.

- Dites-moi donc Adeline, ne serait-ce point un grand-père du coin qui vous a fait ses confidences ?
- Oh encore mieux, Albert. J'ai un fantôme à disposition qui me livre ses secrets lorsque je n'arrive pas à dormir la nuit, répondit-elle d'un air mutin.

L'éditeur s'esclaffa, charmé par l'humour d'Adeline bien qu'il ne prit pas un instant au sérieux les propos de la jeune-femme. Il entrevoyait surtout la menue monnaie sonnante et trébuchante qu'il allait recueillir à chaque livre vendu.

- Ça va faire un tabac ce bouquin dans la région et dans la France entière ! On va lui faire une belle promo.

C'est ainsi que vers la mi-septembre, les plus grandes librairies de Bordeaux ct des communes environnantes, ainsi que dans de nombreuses autres en France, affichaient en vitrine le livre d'Adeline. Effectivement, il se vendit comme des petits pains grâce à la grâce littéraire d'Adeline qui n'en n'était pas à son coup d'essai et qui de ce fait, était bien connue du public.

De plus, présenté comme un roman historique, il intéressait nombre de gens qui se passionnaient pour la littérature en milieu rural au début du xxème siècle.

A Bordeaux, rue Sainte Catherine, une très vieille mais belle dame aux cheveux argentés s'arrêta devant la devanture d'une librairie. Elle était vêtue d'un tailleur bleu qui donnait à ses yeux la couleur du saphir : deux perles qui brillaient dans un visage ridé par les ans mais que des cheveux de lune qui l'encadraient rendaient époustouflant. Ses longues mains fines, aux taches marrons, essuyèrent des larmes qui coulaient. Elle restait rivée à la vitrine et ne pouvait détacher ses yeux du titre du livre d'Adeline : « Angélique et Alexandre ». Elle se ressaisit et entra dans la boutique acheter le livre. Puis elle revint chez elle et s'assit dans son confortable fauteuil. Là, elle ouvrit d'une main tremblante le livre et se mit à le lire.

Deux jours plus tard, elle se rendit en voiture avec sa fille près de La Réole. Elle lui avait demandé de l'accompagner dans un cimetière. Elles se renseignèrent auprès du gardien pour connaître l'emplacement d'une tombe.

-   Attends-moi là, dit-elle à sa fille. Je souhaite être seule.

Celle-ci opina de la tête avec un sourire en signe de compréhension et laissa sa mère entrer dans le cimetière toute seule.
L'aïeule s'arrêta devant une pierre tombale fleurie et y déposa une rose jaune. Puis elle sortit un livre de son sac et tout en le pétrissant dans ses mains, elle se mit à parler :

- Je ne sais comment notre histoire est parvenue dans les mains de cette petite Adeline. Peut-être l'as-tu connue avant de mourir et tu lui auras raconté notre amour interdit … Il m'a fallu six ans pour sortir de ma folie et pour m'évader de ma prison. Je me suis mise à travailler ; je suis devenue infirmière. C'est cela qui m'a aidée à survivre au sens propre matériel bien sûr mais le fait d'alléger la souffrance des autres m'a permis aussi d'un peu oublier la mienne. Oh, je dis bien « un peu » car je ne t'ai pas oublié. Lorsque j'ai commencé à travailler, je suis retournée auprès de toi, pleine d'espoir car j'étais sûre que tu m'attendais. Tu n'en n'as jamais rien su. J'ai appris que tu étais marié et que ta femme attendait un bébé. Je l'ai vue avec son gros ventre qui aurait dû être le mien ; comme je l'ai enviée ! Mais elle avait l'air si gentille … Je n'ai pas voulu vous faire de mal. J'ai appris que mes parents avaient fait courir le bruit que j'étais morte. Comment aurais-tu pu te douter, mon amour de leur ignominie, de leur mensonge ? Puis moi aussi, j'ai rencontré un autre homme, un docteur. Il a été un bon médecin, patient, généreux, travailleur, altruiste, et un bon mari. Je n'ai pas été malheureuse avec lui mais je dois te confier, en toute honnêteté que je n'ai jamais vraiment aimé qu'un seul homme : **TOI !**

Bouleversée, elle s'attarda un moment puis regagna la voiture où l'attendait sa fille. Celle-ci la raccompagna chez elle et lui proposa de venir dans sa maison pour quelques jours mais elle refusa, prétendant qu'elle avait besoin d'être seule, au moins, pour ce soir-là.
Elle dîna sobrement d'une soupe et d'un yaourt puis s'assit avec empressement dans son fauteuil en tenant à la main « Angélique et Alexandre » comme si elle attendait

fiévreusement ce moment. Elle en relut quelques passages avec bonheur et reposa le livre sur ses genoux. Puis Angélique ferma ses beaux yeux pervenche et s'endormit à tout jamais …

LA PENDULE

Jérémie et Nady prenaient leur petit-déjeuner au soleil sur la terrasse de la maison qu'ils avaient achetée une dizaine d'années auparavant. Les travaux à l'intérieur étant achevés, ils avaient décidé d'un commun accord de ne pas partir en vacances cet été et de s'occuper exclusivement de l'extérieur. Jérémie , dont c'était le métier, avait décidé de s'attaquer au ravalement de la maison et donc, depuis la veille, il nettoyait les tuiles du toit ; ce qui ne plaisait guère à Nady, qui n'ayant pas le loisir de le voir travailler quotidiennement, se faisait un sang d'encre à le voir grimper sur les tuiles.

- Tu penses avoir fini aujourd'hui ? s'enquit-elle d'un air inquiet.
- Oh oui, ce soir, ce sera terminé.
- Ouf, tant mieux. Il me tarde de te voir redescendre de là-haut. J'ai toujours peur que tu glisses.
- Mais non, ne t'inquiète pas. J'ai l'habitude ! dit-il en riant et en l'embrassant dans le cou pour la rassurer.

Ils se levèrent et rapportèrent leurs bols à la cuisine et tandis que Jérémie filait à la salle de bains, Nady vint au salon pour téléphoner. Quelle ne fut pas sa surprise de trouver la pendule sur la moquette.

- Oh zut, elle a dû se casser !

Elle se baissa pour la ramasser et constata avec joie que la coque de bois n'était pas brisée et qu'elle s'était simplement arrêtée sur 2 heures, heure à laquelle elle avait dû chuter. Jérémie l'ayant entendu s'exclamer, vint voir de quoi il s'agissait.

- Regarde, elle est tombée pendant la nuit et nous n'avons rien entendu.
- La moquette a dû amortir le choc ; c'est une chance.
- Hier, je l'ai dépoussiérée et j'ai dû mal la raccrocher.
- Ce n'est pas grave, ça y est, elle repart, la bonne vieille pendule de ma grand-mère dit Jérémie en la tapotant affectueusement, et il la raccrocha en veillant bien à ce que l'anneau se pose correctement sur le crochet fixé au mur.

Tandis que Nady s'affairait au jardin, elle surveillait en même temps Jérémie du coin de l'œil, celui-ci grattant la mousse des dernières tuiles et passant le nettoyeur à haute pression. Jérémie, arrivé au niveau de la gouttière, jeta un coup d'œil alentour pour vérifier que toutes les tuiles étaient bien propres mais il en vit une, un peu plus haut, qui avait dû échapper à sa vigilance et remonta jusqu'au faîte. Il se mit à la gratter lorsqu'une palombe vint à passer au-dessus de sa tête et surprise de le trouver là, s'affola et battit des ailes pour redémarrer. Jérémie fut un peu surpris et pencha la tête en arrière pour l'éviter mais il fut désarçonné et son pied glissa sur les tuiles humides. Il essaya de se rattraper au faîte mais il dégringola en arrière, descendit sur le dos avec des grimaces de douleur mais heureusement sa chute fut stoppée par la gouttière à laquelle il se rattrapa.

Nady poussa un cri et se précipita mais déjà il avait détaché la corde qui le maintenait à la taille et l'avait sauvé d'une chute mortelle et il redescendit doucement par l'échelle.

- Oh mon Dieu ! Tu n'as rien de cassé ?

- Non, non dit-il en claudiquant jusqu'à une chaise longue pour s'allonger. Je crois que j'ai juste quelques contusions et des éraflures. Tu vois, je peux bouger mes bras et mes jambes ! dit-il en agitant ses menottes.
- Et ça te fait rire ? Tu aurais pu te tuer ! Je t'avais dit que ce n'est pas un travail à faire tout seul ! Et ton dos, tu peux le plier ?
- Mais oui, dit-il en relevant son dos et en touchant péniblement ses pieds avec ses mains. Pas une vertèbre de fêlée !
- C'est toi le fêlé ! s'exclama Nady en riant et en le boxant de ses petits poings.
- Aie, aie, aie ! Tu as de drôles de méthodes de soins pour un pauvre être qui vient de chuter d'un toit !

La nuit fut un peu difficile pour Jérémie qui ne savait comment se positionner, ses différents petits bobos le faisant souffrir à chaque déplacement. Il ouvrait l'œil de temps en temps en regardant le réveil, en espérant s'endormir enfin d'un sommeil de plomb qui lui aurait fait oublier ses contusions et ses éraflures. Et soudain, à cause de ce sommeil léger, il entendit un bruit sourd, comme quelque chose qui venait de tomber. Il regarda machinalement le réveil qui lui indiqua 2 heures. Il se leva, ferma la porte et se dirigea vers la salle à manger puis alluma la lumière. Rien de particulier dans cette pièce ; il avança donc vers le salon où il se disait qu'il finirait peut-être mieux sa nuit dans un bon fauteuil. En pénétrant dans la pièce, il s'arrêta, stupéfait lorsqu'il constata que de nouveau la pendule était à terre.

- Mais ce n'est pas possible ! grommela-t-il en la prenant dans ses mains et en la tournicotant en tous sens.

Il entendit la porte de la chambre s'ouvrir.

- Jérémie ? Où es-tu ?
- Je suis au salon.
- Qu'est-ce qu'il y a ? Tu n'arrives pas à dormir avec tes
…..

Nady s'arrêta sur le champ lorsqu'elle constata que Jérémie tenait la pendule.

- Ne me dis pas qu'elle est encore tombée !
- Ben si, dit-il d'un air dépité en pinçant les lèvres.
- Et elle s'est encore arrêtée sur 2 heures !
- Ah bon ! Hier aussi, elle marquait 2 heures ? Tu en es sûre ?
- Oui, oui, j'en suis sûre. Je n'aime pas beaucoup cette histoire. Comment a-t-elle pu retomber ? C'est toi-même qui l'a raccrochée avec mille précautions !
- Je n'y comprends rien, admit Jérémie désappointé.

Il raccrocha la pendule d'un air plutôt détaché mais il ressentit comme un malaise dans sa poitrine, angoisse qu'il ne voulait pas partager avec Nady. Et ils se recouchèrent dans les bras l'un de l'autre, sûrs que leur amour les protégeait de tout.

Le lendemain matin, Jérémie dit à Nady qu'il devait effectuer quelques achats dans leur magasin de bricolage habituel avant d'entreprendre le nettoyage des murs extérieurs de la maison. Quant à Nady, elle se décida à mitonner une ratatouille avec les légumes du jardin. Le téléphone se mit à sonner alors qu'elle avait les mains ensanglantées de tomates.

- Oh flûte ! J'arrive ! et elle précipita ses mains sous l'eau pour les rincer rapidement. Elle décrocha à la sixième sonnerie.
- Madame Nebout ?
- Oui, c'est pourquoi ?
- Bonjour. Ici les urgences de l'hôpital de Villeneuve-Saint-Georges.
- Oh mon Dieu, qu'est-il arrivé ?
- Rien de grave, je vous rassure tout de suite. Il s'agit de votre mari, Monsieur Jérémie Nebout, il a eu un petit accident de la route il y a deux heures environ et il a été transporté ici. Nous avons fait les radios d'usage car le choc a été violent mais il n'a absolument rien de cassé. Cependant, nous le gardons en observation pour la journée et la nuit. Nous allons le transférer dans une chambre et vous pourrez donc venir le voir et le récupérer demain matin.
- Ah bien ….. merci répondit Nady d'un air hébété.

Cela commençait à faire beaucoup ; en deux jours : deux accidents ! Mais Nady se dit que cela faisait partie de la loi des séries. Elle acheva tout de même son repas en disant que son amour serait heureux de trouver un bon repas le lendemain. Et à quatorze heures, elle se rendit à l'hôpital où Jérémie, en pleine forme et impatient de sortir, lui expliqua qu'un jeune fou avait brûlé un feu rouge et l'avait heurté au moment où lui démarrait.

- La voiture a fait un tête à queue et s'est cognée à une autre voiture en face avant de repartir en arrière dans une barrière qui l'a apparemment stoppée mais je t'assure que pendant les quelques secondes où cela s'est déroulé, j'ai pensé que je n'allais plus te revoir, toi et les enfants, et nos amis. Je ne peux pas t'expliquer le sentiment qui m'a étreint, de l'amertume, du regret … Je me suis dit « non, c'est pas possible, pas maintenant, pas déjà ; je n'ai même pas accompli la moitié de ce que je voulais faire avec toi et les enfants ». C'était terrible cette envie d'arrêter le temps …

Nady essuya ses larmes et serra Jérémie contre elle.

- Mon amour, mon amour. Je suis là. Nous avons encore devant nous des mois et des années, des milliers de jours. Nous allons nous priver un peu et l'été prochain : safari au Kenya !
- OH OUI, tu as raison ! Depuis le temps que nous en parlons aux enfants !

Et Jérémie sourit de nouveau.

Le lendemain matin, Nady vint le chercher avec sa petite voiture, et le mois de juillet se déroula à un rythme besogneux. Les enfants qui rentrèrent de colonie furent ravis de retrouver une maison haute en couleurs avec des murs bien plus rutilants qu'auparavant.

Il était décidé qu'au mois d'août, les week-ends seraient consacrés à des ballades pour découvrir les richesses de l'Essonne et de la Seine-et-Marne. (Château de Vaux-le-Vicomte, forêt de Fontainebleau, Provins et sa cité médiévale…) et peut-être aussi une ou deux journées à Paris.

Un matin, tandis que Nady préparait toute seule le pique-nique pour le déjeuner, elle s'énerva un peu de ne pas voir sortir Jérémie de la salle de bains, elle le trouvait bien long, ce qui n'était pas dans ses habitudes. Elle mit les sandwiches dans la glacière et se rendit à la salle de bains où elle trouva Jérémie assis sur un banc, les genoux repliés à hauteur de son menton.

- Mais qu'est-ce que tu fais ? Tu as mal ?
- Oh oui, un peu. Au ventre, je ne sais pas ce que j'ai. Je suis un peu dérangé.
- Prends des cachets tout de suite.
- Oui, ça va aller.

Vingt minutes plus tard, Jérémie semblait apaisé et ils partirent escalader les rochers de Fontainebleau avec les enfants. La journée se déroula sans problème et Jérémie et Nady jouèrent aux cow-boys et aux indiens en s'imaginant dans le Grand Canyon !
Cependant, Jérémie fut souvent gêné par des maux de ventre diffus qui repartaient toujours avec une prise d'antalgiques.

- Tu devrais tout de même consulter le médecin. Cela fait plus de quinze jours que cela dure. Ce n'est pas normal que tu aies des douleurs comme cela.
- Tu as raison. Je vais prendre rendez-vous pour demain matin.

Jérémie se rendit donc chez son médecin qui le connaissait bien. Il lui trouva une tension un peu basse, le ventre un peu dur et en lui prenant le pouls, comme il le trouvait un peu chaud, il lui prit sa température qui montait tout de même à 38°2. Le docteur l'envoya passer une échographie l'après-midi et Jérémie retourna donc le voir le soir-même.

- C'est bien ce que je pensais. Je suis désolé mais il va falloir vous ôter ce petit bout d'appendice qui vous chatouille.

Et il l'adressa à un de ses confrères pour l'opérer. On ne peut pas dire que Jérémie bondit de joie à cette nouvelle mais il fut soulagé d'apprendre qu'il ne s'agissait que d'une simple appendicite.

L'opération étant programmée pour le vendredi suivant, Nady et Jérémie en profitèrent pour amener leurs deux petits garçons chez leurs grands-parents pour quelques jours, ce qui faisait plaisir à tout le monde.

Le jeudi soir, Nady accompagna Jérémie dans sa chambre d'hôpital et en riant, elle lui enfila son plus beau pyjama.

- Et après minuit, plus rien. Les petits gâteaux dans le sac, c'est pour après l'opération, lorsque tu auras le droit de manger ! Je te rappelle que tu es opéré à 11 heures.
- Oui chef ! Promis, même pas une goutte d'eau demain matin. Ça va être long jusqu'à 11 heures !
- Désolée mais apparemment, il y a d'autres opérations programmées depuis longtemps.

Nady le quitta avec un roman à suspens qu'elle lui offrit pour lui faire passer le temps ; et au lieu de se rendre chez elle, elle alla passer la soirée chez ses amis Dominique et Ludovic qui lui avaient proposé de dormir chez eux et d'aller voir Jérémie ensemble le lendemain après-midi.

A 14 heures 30, les trois amis franchissaient donc les portes de l'hôpital lorsque le portable de Nady sonna.

- Madame Nebout ?
- Oui.
- C'est l'hôpital. Il y a eu un problème …
- Mais je suis à l'hôpital. J'allais me rendre dans la chambre de mon mari.
- Ah bien, eu ….. Je transmets l'information au service. Le docteur va venir vous voir.
- Mais qu'y-a-t'il ? Pourquoi … ?
- Le médecin va vous expliquer tout cela, Madame.

Inquiète, Nady se précipita avec ses amis et trouva la chambre de son mari vide.

- Mais, il n'est pas encore revenu dans la chambre !
- Il y a peut-être eu du retard dans le déroulement des opérations. Une urgence parfois et tout est décalé, la rassura Ludovic.

Il avait à peine fini de parler que la porte s'ouvrit et laissa entrer le chirurgien, avec une mine déconfite.

- Mais que se passe-t-il ? Pourquoi mon mari n'est pas encore là ? Vous deviez l'opérer à onze heures, non ?
- Votre mari n'est entré en salle d'opération qu'à 13h30 car il y a eu un grave accidenté de la route que j'ai dû opérer en urgence. Et j'ai donc commencé à opérer votre mari vers 13h40 mais il a eu une défaillance durant l'opération… poursuivit le chirurgien, en détournant son regard vers Dominique et Ludovic.
- Une défaillance … Qu'est-ce que vous voulez dire ? balbutia Nady d'un air hébété.

- Je suis vraiment désolé, Madame, ce sont des choses qui arrivent rarement mais votre mari a fait un arrêt cardiaque durant l'opération. Nous avons tout fait pour le ranimer mais mon équipe et moi-même sommes restés impuissants. Votre mari est décédé à 14 heures.
- Ce n'est pas possible, ce n'est pas possible ! Pas pour une appendicite !

Et Nady se recroquevilla sur elle-même, en larmes ; de gros sanglots étouffaient sa gorge et elle ressentait comme un étau qui broyait sa poitrine. Tout son être ne semblait plus que souffrance. Ludovic et Dominique la prirent dans leurs bras et la déposèrent sur le lit.

- Vous pouvez aller le voir maintenant si vous le désirez.

Ludovic et Dominique l'accompagnèrent. Ils trouvèrent Jérémie comme endormi. La mort l'avait ravi sans qu'il s'en aperçoive, doucement, sans bruit, sans prévenir. A moins que …

Nady rentra chez elle avec ses amis. Elle s'assit sur un fauteuil, mécaniquement, laissant Dominique et Ludovic ouvrir les volets.

- Tiens, fit Dominique d'un air grave et surpris, la pendule est tombée.

Nady bondit de son fauteuil et se retourna vers Dominique qui tenait la pendule. Elle lui saisit brutalement la pendule des mains et la regarda d'un air horrifié, incrédule, en ouvrant des yeux éperdus de douleur et de peur.

Le cadran en verre était brisé cette fois-ci et elle marquait 2 heures comme les fois précédentes…

Ludovic et Dominique ne comprirent pas le sens des paroles que Nady prononça :

- Deux heures ………. Quatorze heures, c'est la même chose…

Elle lança violemment la pendule contre le mur qui éclata en mille morceaux et elle hurla à la mort.

DES BRUITS DANS LA MAISON

P'tit Louis était un garçonnet de douze ans, drôle, espiègle, toujours prêt à commettre quelque farce de son invention mais ce diablotin, par ailleurs fort apprécié de son instituteur, se trouvait curieux de nature et l'école représentait pour lui une source intarissable de connaissances. Mais P'tit Louis avait aussi le cœur sur la main et tous ses camarades l'aimaient beaucoup.

Il vivait dans les années quarante dans un petit village de Bretagne, à la campagne. La vieille maison aux volets bleus abritait ses grands-parents paternels, Martin et Louise, ses parents, son frère Félix, de trois ans son aîné et Marie, sa plus jeune sœur qui terminait sa première année d'école.

Martin et Louise ne ménageaient pas leur peine aux champs et à la ferme pour subvenir aux besoins de toute la famille. Mais tout ce petit monde s'entraidait. Le grand-père, malgré ses rhumatismes ne rechignait pas à donner à manger aux lapins et aux poules et à couper du bois quand ses vieux os ne le faisaient pas trop souffrir. Quant à la mamita, son plus grand plaisir consistait à préparer la bonne soupe réconfortante et chaque vendredi, elle n'aurait laissé le soin à personne d'autre, et ce malgré ses mains noueuses, de préparer la pâte à galettes avec la bonne farine de blé noir. Même Louise se contentait de la regarder en versant l'eau sur ses mains et sur la pâte car si l'on voulait que les traditions culinaires se perpétuent, il fallait bien livrer ses secrets de mère en fille ! Par contre, Louise qui adorait sa belle-mère et prenait pitié de ses pauvres jambes ne l'aurait jamais laissée debout devant la galetière à cuire les galettes une à une.

Félix aussi travaillait à la ferme ; peu doué pour l'école mais courageux et dur à l'ouvrage, il aidait ses parents du mieux qu'il pouvait et son père n'hésitait pas à lui confier des tâches de confiance.

P'tit Louis et Marie, seuls donc conservaient le privilège de l'enfance mais lui aussi ne dédaignait pas à donner un coup de main pour les travaux des champs, fier d'être considéré comme un homme.

Malgré le dur labeur et le peu d'argent, ils formaient tous une famille unie et heureuse et les veillées au coin du feu réunissaient ce petit monde.

Pourtant, un soir, un nuage assombrit le ciel tranquille de ce foyer. Tous mangeaient autour de la table quand, venant de la chambre du dessus, retentirent des bruits de tiroirs qui grinçaient, de portes d'armoire que l'on fermait. Tous s'arrêtèrent, la cuillère en l'air ; Louise, affolée, s'écria :

- Il y a un voleur là-haut !!!

La petite Marie, épouvantée, se mit à pleurer et se serra contre P'tit Louis qui bien qu'effaré intérieurement, réconforta sa sœur du mieux qu'il put.

Martin se leva lentement, prit son fusil de chasse et monta doucement les escaliers menant aux chambres. Il n'avait pas monté dix marches que les bruits cessèrent comme par enchantement. Arrivé en haut, il ouvrit chaque porte pour constater que rien n'avait bougé et que pas âme qui vive ne se trouvait dans les parages. Martin redescendit, déboussolé, ne sachant que penser et il fit part de son désarroi au reste de la famille.

Cependant, la famille ne se trouvait pas au bout de ses peines car durant tout ce mois de juin, les bruits, toujours les mêmes, de meubles qui s'ouvrent et se referment, se firent entendre presque chaque soir.

Les trois femmes terrorisées devenaient nerveuses et les hommes agacés par ce mystère qu'ils ne pouvaient résoudre, restaient tout de même inquiets. Seul, P'tit Louis prenait les choses de façon différente. Bien que le cœur battant à chaque fois que le phénomène se produisait, il se disait au fond de lui-même qu'il ne pouvait y avoir qu'une réponse toute naturelle à une manifestation qu'on ne pouvait encore expliquer.

Martin fit appel aux voisins qui veillèrent avec eux et constatèrent les mêmes craquements et grincements.

La maréchaussée fut aussi appelée à la rescousse mais les bons gendarmes trouvaient plus faciles de poursuivre les voleurs et les bandits en chair et en os qu'un ennemi invisible !

Le prêtre lui-même ne put s'expliquer les faits et se contenta de bénir la maison et de prier chaque jour pour la famille.

Malgré ces évènements extraordinaires, la vie continuait tout de même et les trois enfants, le premier jour des vacances, décidèrent d'aller se baigner à la rivière.

Marie, ne sachant pas encore nager, se contenta de tremper les pieds, assise sur un rocher puis de se glisser peu à peu dans l'eau, tout en restant toujours là où elle avait pied, tandis que ses deux frères se bagarraient et se poursuivaient dans l'eau claire mais froide.

Marie les regardait, souriante, pleine d'amour pour ces deux grands garçons, quand soudain, P'tit Louis qui s'était éloigné de Félix pour nager plus tranquille, fut pris d'un malaise. Elle le vit se débattre dans l'eau tandis qu'elle se mettait à crier et à appeler son frère Félix. Mais ce dernier, à cet instant même, se trouvait à environ cinquante mètres de P'tit Louis et avant qu'il comprenne ce qui se passait et qu'il ne rejoigne son frère, celui-ci s'était enfoncé dans l'eau.

Félix, bon nageur et costaud, plongea pour récupérer P'tit Louis et le ramena sur la berge tandis que Marie courait chercher du secours. Le bon docteur qui avait soigné quelquefois P'tit Louis ne put le ranimer et son corps fut remonté à la maison de ses parents.

Les cris de déchirement de sa mère et de sa grand-mère réceptionnèrent ce triste convoi tandis que son père et son grand-père pleuraient silencieusement.

Les voisines les plus proches, amies de la famille, vinrent donner un coup de main pour laver et habiller le pauvre petit Louis pour sa dernière demeure. Elles montèrent dans les chambres tandis que la famille de ce gentil bambin restait en bas, prostrée dans sa tristesse. Mais soudain, tous se regardèrent comme si tout à coup, un déclic se produisait en eux. De là-haut, on entendait les tiroirs de la commode s'ouvrir et les portes de l'armoire grincer, les mêmes bruits qu'ils entendaient depuis plus d'un mois ; mais cette fois-ci, ils savaient à quoi les attribuer : Francine et Marianne cherchaient du linge pour P'tit Louis !

Alors la grand-mère s'arrêta soudain de pleurer et dit calmement :

-   P'tit Louis était attendu au ciel. Sans doute, un de nos aïeux savait que son heure était venue de rejoindre Dieu. Quelle magnifique preuve de la vie après la mort ! Merci mon Dieu de l'accueillir dans votre royaume.

Martin, Louise, Félix, le grand-père et même Marie, en bons chrétiens reconnurent la justesse des paroles de la pauvre vieille et comme rassurés de savoir P'tit Louis vivant dans un autre monde, ils se mirent tous à prier avec ferveur.

Effectivement, une fois P'tit Louis enterré, la famille n'entendit plus jamais aucun bruit mystérieux et un silence triste enveloppa la maisonnée.

L'ORDINATEUR

Pauline, en jean moulant, tee-shirt court et baskets déambulait dans les rayons du B.H.V, à la recherche d'un ou deux petits meubles pour son nouvel et premier appartement. Elle hésitait entre une console au plateau de verre et aux pieds en fer forgé et un guéridon du même acabit. Elle tapotait le dessus de la console avec ses doigts, ce qui produisait un petit « bling-bling » régulier qu'elle était la seule à entendre car il n'y avait pas un vendeur aux alentours. Une moue indécise se dessinait toujours sur son visage lorsqu'un bruit léger mais incongru lui fit stopper net ses tapotements sur le verre ; elle regarda à droite, à gauche : personne. Elle réentendit de nouveau le même bruit qu'elle identifia comme les touches d'un ordinateur qu'on frappait. Elle se retourna car effectivement, elle avait bien remarqué cet appareil derrière elle mais présentement, personne n'y travaillait dessus. Intriguée, elle s'approcha de celui-ci, regarda l'écran qui n'affichait rien et abaissa ses yeux sur les touches. Aussitôt, elle vit que la grosse touche « ENTREE » s'enfonçait comme si quelqu'un avait appuyé dessus. Dubitative, elle regarda de nouveau l'écran et s'aperçut que celui-ci affichait « Appuyez sur une touche » !

-   Qu'est-ce que c'est que ce bins ? Un ordinateur qui marche tout seul !

Incrédule mais amusée, elle jeta un coup d'œil alentour pour s'assurer que personne du magasin n'approchait et elle appuya elle-même sur la touche « ENTREE » d'un air décidé. Aussitôt, les touches du clavier se mirent en marche de manière lente et saccadée, et Pauline, les deux mains accrochées sur le haut tabouret qui se trouvait devant l'ordinateur se pencha sur l'écran pour lire le message délivré mystérieusement.

- AU SECOURS ! Ma petite Rébecca de six ans va être enlevée dans le centre commercial.

Les touches du clavier allaient à une vitesse de plus en plus réduite comme si la personne qui tapait était épuisée.

- Magasin de jouets ……. Corsaire à fleurs ……. Tee-shirt couleur lilas …….. brune ……. Bouclée ……. Yeux bleus …

Les touches s'arrêtèrent . Pauline se redressa, le souffle court par la peur qui la saisit. Malgré ses 25 ans et bien que n'étant pas encore mère, elle ressentit la détresse de cette maman qui appelait à l'aide. Sans réfléchir, elle serra vivement l'anse de son sac à main contre son corps et se mit à marcher vite pour sortir rapidement du B.H.V. Passé les portes du magasin, elle réfléchit deux secondes.

- Magasin de jouets, en-dessous, 1er étage.

Elle se mit à courir dans le centre commercial, dévala à toute allure l'escalier roulant et se précipita chez Jouets Club. Elle déambula rapidement dans un premier rayon puis un deuxième et s'arrêta.

- Mais qu'est-ce que tu fais là, ma pauvre fille ? T'es complètement frappée ! Tu cherches quoi au juste ? Ça doit être une blague qu'on t'a faite, genre Caméra Invisible, c'est pas possible !

Elle en était là de ses réflexions quand elle entendit la voix d'une dame dans un rayon plus loin qui appelait.

- Rébecca ! Où es-tu ?

Pauline leva un sourcil inquiet. La voix se fit plus angoissée.

- Rébecca ? Reviens au rayon Barbie. Mais où es-tu passée enfin ?

Pauline se mit à arpenter au pas de courses les rayons et tomba presque dans les bras de la mamie qui appelait la petite Rébecca.

- Vous avez perdu votre petite fille ? interrogea Pauline d'une voix inquiète.
- Ce n'est pas ma petite fille. C'est une petite que l'on m'a confiée. Oh mon Dieu, si je l'ai perdue ... gémit-elle. C'est une petite brune aux cheveux bouclés.

Pauline comprit bien vite la situation en regardant la vieille dame ; courtaude et le souffle court, il y avait peu de chance que celle-ci pique un 100 mètres en cas d'urgence.

- Je reviens ! s'écria Pauline et elle se précipita hors du magasin.

Elle avisa où devait se trouver la sortie la plus proche et se lança dans une course effrénée vers cette porte. Elle la franchit et regarda vers le parking. Au premier abord, elle ne vit rien de suspect, continua à avancer dans le parking au hasard sur sa gauche. Toujours rien. Elle se retourna et là au loin, elle vit un grand malabar qui tenait dans ses bras une petite brunette aux cheveux bouclés et qui semblait dormir. L'homme qui jusqu'à présent semblait marcher sereinement regarda autour de lui et en voyant qu'il n'attirerait l'attention de personne se mit à accélérer bizarrement le pas. Le sang de Pauline ne fit qu'un tour et elle sprinta dans sa direction. Deux cents mètres au moins les séparaient. Elle le vit coucher très vite la gamine à l'arrière d'une automobile noire et monter devant côté passager. Un complice l'attendait, la voiture démarra en trombe. Elle se trouvait tout près d'une barrière de sortie ; l'homme au volant baissa la vitre, introduisit son ticket dans la fente, aussitôt la barrière se releva et la voiture fila. Pauline qui arrivait à leur hauteur eut juste le temps de noter la plaque d'immatriculation.

-   527 GHR 93
-   Merde ! Merde – merde – merde ! hurla Pauline en passant sa main dans ses cheveux coupés courts.

Elle revint essoufflée vers les magasins et rejoignit la vieille dame qui l'attendait, paniquée, devant la devanture ; un téléphone portable dans la main.

-   Vous avez vu quelque chose ?
-   Oui, oui, articula Pauline. J'ai vu l'homme qui a enlevé votre petite et j'ai même pu noter le numéro d'immatriculation de la voiture dans laquelle l'attendait son complice. Il faut tout de suite prévenir la police.
-   Non, dit lentement la baby-sitter.

- Comment ça, non ? Vous êtes folle ! Il ne faut pas perdre de temps au contraire.

La grand-mère secoua la tête.

- Je viens de recevoir un coup de fil de son père qui lui-même vient d'être prévenu par les ravisseurs. Un message très court. « Nous venons d'enlever votre fille. Vous rappellerons pour les modalités de la rançon. Passez la consigne immédiatement à la dame qui était avec elle. Ne pas prévenir la police sinon nous n'hésiterons pas à l'exécuter. »

La pauvre dame ravala sa salive en pleurant. Pauline la trouva si misérable qu'elle l'entoura de ses bras et lui dit :

- Venez, je vais vous raccompagner chez son père. Vous êtes venue en métro, en voiture ?
- En voiture mais je me sens bien incapable de conduire.
- J'ai mon permis et moi je suis en métro. Voulez-vous que je vous reconduise ?
- Je veux bien, dit-elle en hoquetant. Ce n'est pas très loin. Il habite un pavillon au bord de la Marne.

Pauline découvrit une maison cossue : des meubles d'antiquaires, des Daum dans le salon, de lourdes tentures ; en s'approchant de la porte-fenêtre qui donnait sur le jardin, elle aperçut une piscine précédée d'une pièce avec divan et coussins, en plus pur style oriental. Les ravisseurs de la petite Rébecca savaient à qui ils avaient affaire.

- Bonsoir, dit une voix grave dans son dos. Michel Delanoë.

Pauline se retourna et se trouva face à un bel homme de quarante ans, les yeux bleus, le cheveu grisonnant.

- Bonsoir, répondit-elle d'une voix ferme. Pauline Rheims.
- C'est donc vous qui étiez auprès de Madeleine au moment de l'enlèvement …
- Madeleine ?
- Ah ? Elle ne vous a pas dit son nom ; Madeleine Lemaire. C'est la gouvernante que j'ai engagée il y a six mois, après la mort de ma femme, pour s'occuper de Rébecca lorsqu'elle n'est pas à l'école.
- Oh … Rébecca n'a plus de maman …
- Non, dit-il d'une voix brisée. Et les ravisseurs sont bien au courant de toutes nos affaires, je suppose, pour avoir prémédité cet enlèvement.
- Que voulez-vous dire ?
- Ma femme était la fille du grand patron du groupe industriel Richardson. Son père est mort il y a trois ans en lui léguant toute sa fortune. Elle est donc devenue à son tour propriétaire du groupe et comme je secondais son père depuis près de quinze ans et qu'il me considérait comme son fils, il lui a demandé avant de mourir de me mettre à la direction de la société ; ce qu'elle a accepté bien sûr. Le groupe s'appelle donc maintenant RICHARDSON/DELANOË mais malheureusement, ma femme est morte d'une leucémie au début de l'hiver. Et je suis donc le légataire de toute cette fortune …

Pauline ne savait que répondre, elle le sentait tellement désemparé mais en même temps, elle bouillonnait en son for intérieur, certaine d'avoir perdu de précieuses minutes pour permettre à la police de retrouver l'enfant.

- Je ….. je suis très triste pour vous mais pourquoi, pourquoi ne pas avoir voulu avertir la police ? J'ai noté le numéro d'immatriculation de la voiture, vous rendez-vous compte ? Les flics auraient pu mettre en place des barrages, ils auraient pu rapidement maîtriser les ravisseurs !
- Et ils auraient pu aussi mettre une balle dans la tête de ma petite Rébecca ! dit Michel Delanoë en élevant la voix.

Pauline resta interdite, ne sachant que répondre dans l'immédiat. Elle hésitait à lui parler du message reçu sur l'ordinateur du magasin car elle craignait qu'il ne la prenne pour une folle ou pour quelqu'un qui auraient des plaisanteries de mauvais goût.

- Qu'allez-vous faire alors ?
- Je crois que je vais attendre sagement que les ravisseurs me contactent de nouveau et me fixent le montant de la rançon ainsi que le lieu pour la leur remettre. Je n'ai pas le choix, dit-il en se prenant la tête dans les mains.

Même si intérieurement, Pauline pensait qu'il aurait mieux valu prévenir la police, elle se dit en voyant le désarroi de ce père qu'elle ne pouvait pas l'accabler davantage.

- Voulez-vous que je reste un peu là pour vous épauler, le temps que les ravisseurs appellent ?
- Non merci, vous êtes gentille. Je préfère rester seul, et ….. vous en avez déjà fait beaucoup. Merci. Mais

laissez-moi vos coordonnées que je puisse vous joindre, on ne sait jamais…
- Bien sûr.

Et Pauline écrivit lentement son nom, son adresse et son numéro de téléphone sur un bout de papier qu'elle déposa sur la cheminée où se trouvait la photo d'une jeune femme brune et souriante. Michel Delanoë vit que Pauline la regardait

- Sarah, ma femme.

Alors Pauline, la voix un peu tremblotante, ajouta :

- Donnez-moi des nouvelles, s'il vous plaît.

Michel acquiesça d'un signe de tête.

Rentrée chez elle, Pauline s'affaissa sur le tapis et s'assit en tailleur ; elle prit un coussin qu'elle se mit à tripoter nerveusement. Cette attente lui était intolérable mais elle se dit que la situation devait être encore plus insupportable pour ce pauvre homme de savoir sa petite fille dans les mains de gens sans scrupule. Elle ne leur faisait pas confiance à ces zozos-là justement. Qu'est-ce qui prouvait qu'ils redonneraient la petite en vie après avoir touché la rançon ? Et si l'échange se passait mal ? Et soudain, une idée la titilla. Elle se leva d'un bond et se précipita pour allumer son ordinateur. Assise devant, elle respira profondément et avala sa salive. Elle se mit sur WORD, hésita un instant puis ferma les yeux pour mieux se concentrer sur une image. Dans la maison de Michel Delanoë, elle avait mémorisé en un bref instant les traits de Sarah, son épouse, et assise sur son tapis, une idée avait germé dans son esprit.

- Sarah ! Etes-vous là ?

Pauline attendit un instant ; rien ne bougea. Au plus profond d'elle-même, la jeune-fille tempêtait. Elle se leva brusquement et se mit à arpenter la pièce

- Bon sang, c'est par un ordinateur que tu as réussi à entrer en contact avec moi, alors pourquoi tu ne réponds plus ? !

Après avoir traversé son salon de long en large une dizaine de fois en fulminant, Pauline sembla se calmer et se dirigea vers la fenêtre pour abaisser le store électrique. Elle alluma une bougie, mit de l'encens et se rassit devant son ordinateur. Elle respira de nouveau calmement et tenta de visualiser mentalement la maman de Rébecca puis de nouveau, elle tapa.

- Sarah ! Etes-vous là ?

Pauline gardait son calme en appelant Sarah mentalement de toutes ses forces. Deux minutes, trois minutes ; rien.

- Sarah ! Etes-vous là ?

Pauline faisait des efforts surhumains de total oubli de soi et du monde extérieur pour tenter de joindre Sarah dans l'au-delà. Et soudain, un petit clic se fit sur le clavier ; Pauline ouvrit grand les yeux en retenant son souffle. Les touches commencèrent à s'abaisser.

- O U I

La jeune femme était folle de joie. Elle serra le poing en signe de victoire.

- Sarah, savez-vous où se trouve Rébecca ?
- Rue de Tanger ……. PARIS.

Pauline, fébrile, jubilait. Elle continua à taper.

- Quel numéro Sarah ? Le numéro de la rue ?
- 45
- Quel étage ?
- 3
- Woaou ! C'est génial ! Merci Sarah, merci. On va la retrouver cette petite, je vous le promets.

Pauline dîna d'un reste de viande froide et de salade et s'arrêta là car elle n'avait pas très faim. Elle attendait anxieusement que le téléphone sonna.
21 heures : toujours rien.
A 23 heures, Michel Delanoë ne l'avait toujours pas appelée.
- Ce n'est pas possible que les ravisseurs ne l'aient toujours pas contacté ! Ils se foutent de lui.

Pauline était à cran, ravagée par l'inquiétude ; bien qu'elle ne connusse pas la petite Rébecca, elle se sentait grandement impliquée dans cette affaire et partageait les affres de la souffrance du Papa.
Pourquoi Sarah l'avait-elle choisie, elle ?
Comment se pouvait-il, alors que tout ce qui tournait autour de l'ésotérisme ne l'avait jamais intéressée, qu'elle puisse communiquer avec Sarah ? Parce qu'elle était la personne la

plus proche d'un ordinateur libre au moment de l'enlèvement et qu'elle se trouvait dans le centre commercial ? Mais dans le centre même, il devait y avoir des centaines d'ordinateurs et de gens qui travaillaient dessus. Pourquoi elle ?

Elle s'en voulait de ne pas avoir demandé le numéro de téléphone de Michel Delanoë. Mille scenarii se dessinaient dans sa tête car après tout, les ravisseurs avaient très bien pu le joindre et Michel, craignant que Pauline n'appelle la police, n'ait point voulu lui en faire part.

A 00h30, Pauline sommeillait à moitié sur le canapé quand le téléphone sonna. Elle bondit et décrocha.

- Allô oui …
- C'est Michel Delanoë. Je vous appelle de mon portable pour laisser la ligne fixe libre… Ils n'ont pas encore appelé. Je suis fou d'angoisse. Je crois que j'aurais dû vous écouter et prévenir la police.
- Ces salauds-là veulent peut-être tout simplement vous mettre la pression et ils appelleront demain matin.
- Vous avez sans doute raison… Je vais vous laisser dormir.
- Oh, dormir ….. cela va être bien difficile. Mais je suis en vacances pour la semaine, alors ce n'est pas grave. Je suis prof.
- Prof de quoi ?
- D'histoire géographie. Peut-être un jour aurai-je le plaisir d'enseigner à Rébecca.
- J'aimerais bien….. Mais je vais raccrocher. Je voulais juste parler à quelqu'un et je n'avais que vous à déranger.
- Vous avez bien fait. Prévenez-moi dès qu'il y a du nouveau.
- Promis.

A 08h00, le lendemain matin, le téléphone sonna de nouveau et Michel Delanoë lui fit part du coup de fil des ravisseurs dix minutes plus tôt.

-   Est-ce que vous pouvez me rejoindre ? Je ne me sens pas capable d'affronter cela tout seul. La mort récente de Sarah m'a beaucoup fragilisé. Je me sens complètement déchiré, broyé…..

Pauline l'entendit pleurer au bout du fil ; elle n'eut pas le temps de répondre qu'il ajouta :

-   Excusez-moi, je vous ennuie et il raccrocha.

Pauline fila sous la douche et s'habilla en quatrième vitesse. Elle sauta dans sa voiture et en moins de dix minutes, se retrouva devant la porte de Michel Delanoë. Elle tira la sonnette et un instant plus tard, le papa de Rébecca parut, pas rasé, les traits tirés. Il la regarda longuement et un sourire triste naquit sur ses lèvres.
-   Merci….. merci. Vous êtes gentille.

Pauline s'avança et lui prit la main.

-   Je vais vous aider. A deux, on est toujours plus fort. Vous avez déjeuné ?
-   Non.
-   Moi non plus. Prenons quelque chose et racontez-moi tout.

Michel hocha la tête et l'entraîna dans le salon. Pendant qu'ils buvaient café et thé, il lui fit part de la demande des ravisseurs.

- 500 millions d'euros en petites coupures pour samedi 15 heures. J'ai rendez-vous dans un entrepôt désaffecté à Drancy, seul, m'ont-ils bien spécifié.
- Drancy ; leur voiture était immatriculé dans le 93 mais il y a de grandes chances que ce soit une voiture volée.
- Sans doute.
- L'argent, c'est possible pour vous ?
- Oui, il faut juste que je prévienne ma banque rapidement. On ne sort pas 500 millions d'euros d'une banque en deux minutes.
- Oui j'imagine.

Ils décidèrent de se retrouver le samedi, de déjeuner ensemble et de se rendre au lieu dit mais il était convenu que Pauline attendrait plus loin lorsque Michel irait dans l'entrepôt pour déposer la rançon et récupérer sa fille. Ils ne voulaient pas risquer de faire capoter l'entrevue.

Le samedi, à 15 heures précises, Michel, le cœur battant à tout rompre, pénétra à l'intérieur de l'entrepôt aux piliers rouillés et au toit de tôle criblé de trous en différents endroits. La pluie des jours derniers rendait le sol glissant. Pas un son ne s'échappait de l'endroit. Michel attendit anxieux pendant trois longues minutes lorsqu'il entendit une voiture qui freina à l'arrière de l'entrepôt. Une porte qu'il n'avait pas remarquée s'ouvrit et laissât apparaître deux individus cagoulés.

- Monsieur Delanoë ?

- Oui, ma fille, ma fille, où est-elle ?
- Du calme ! Elle dort gentiment dans la voiture. Nous allons d'abord vérifier le contenu de votre mallette.
- Je veux la voir d'abord !
- Bon, on est tombé sur un casse-couilles. Tu tiens à la revoir, ta fille, oui ou non ? Alors, tu aboules d'abord le fric. Compris ?

Michel, voyant qu'il n'avait pas d'autre choix, décida de leur faire confiance. Après tout, ils n'allaient pas s'encombrer inutilement d'une gamine bien gênante. Il s'avança vers les hommes dont l'un braquait sur lui un pistolet et déposa la mallette pleine de billets à environ deux mètres d'eux. L'un des gangsters lui fit signe de la main de reculer. Il se saisit de la valise, l'ouvrit et se mit à compter.

- Le compte a l'air d'y être, fit-il avec un sourire satisfait.
- Rendez-moi ma fille tout de suite.
- Va lui chercher la p'tite ! dit celui qui avait manipulé l'argent.
- Et si elle cause ? J' t'ai dit que j'nétais pas d'accord pour lui rendre la mioche.

Michel se mit à avoir des sueurs froides, sentant le piège se refermer sur Rébecca. Il écoutait l'échange des deux voyous qui n'avaient pas l'air d'accord, ou faisaient-ils seulement semblant... ?

- Mais elle n'a jamais vu notre visage ! rétorqua l'autre.

Et tout à coup, Michel se demanda si sa fille était réellement dans la voiture des ravisseurs. Ne l'avaient-ils pas complètement blousé ?

- Ma fille ……. S'il vous plaît, ma fille. Nous n'essayerons pas de vous retrouver. Je veux juste la récupérer. Vous n'entendrez jamais parler de nous. Je vous le jure.

Et à ce moment là, des rires, des vociférations se firent entendre du côté de la porte par où Michel était entré dans l'entrepôt. Tandis que les deux gangsters se sauvaient par où ils étaient venus en emportant la mallette avec eux, Michel se retourna et vit un groupe de jeunes skinheads à la mine peu encourageante qui visiblement étaient passablement éméchés. Il prit ses jambes à son cou avant même qu'ils ne s'aperçoivent de sa présence et prit le même chemin que les ravisseurs. Il eut juste le temps de voir la voiture démarrer en coup de vent mais il ne put noter le numéro du véhicule car celui-ci tourna aussitôt à gauche dans une ruelle pour tourner de nouveau à droite immédiatement. Michel suivit à pied le même chemin pour s'éloigner le plus rapidement de l'entrepôt. Ce n'était pas le moment de se faire massacrer par l'autre bande d'allumés. Il parvint au bout de vingt minutes à retrouver sa voiture et les jambes flageolantes, il réussit à démarrer. Pauline l'attendait devant un supermarché de quartier, comme convenu. Lorsqu'elle le vit pâle et tremblant, son cœur bondit dans sa poitrine. Elle se précipita vers lui.

- Rébecca ? Où est Rébecca ? hurla-t-elle.

Michel n'avait même plus la force d'articuler. Il l'entraîna à la voiture et s'assit à l'arrière, l'invitant à prendre place à côté de lui. A grand peine, il réussit à lui dire ce qui s'était passé. Il était épuisé, psychologiquement vidé. Pauline bouillait de colère contre les ravisseurs mais aussi contre lui. Il ne fallait jamais faire confiance à ces individus. Tout ça n'était-ce pas un coup monté ? La police aurait dû être avertie dès le début de l'affaire. Mais elle ne voulait pas faire plus de mal à Michel Delanoë.

- Je vais vous ramener chez vous.

Elle prit place au volant, tandis que Michel s'allongeait sur la banquette arrière, sans dire un mot. Il resta prostré tout le long du chemin et c'est un robot mécanique qu'elle fit descendre de voiture. Elle dut elle-même chercher les clefs de la maison dans sa poche, y parvint enfin, et le fit entrer. Il s'assit sur le canapé et ne prononça pas une parole, tandis que Pauline tournait en rond dans le salon. Et tout à coup, elle s'arrêta devant un immense rayonnage : des livres et des livres sur l'au-delà, la réincarnation … Qui pouvait bien lire ces livres ? Et soudain un déclic se fit dans sa tête.

- Michel, tous ces livres traitant d'ésotérisme, qui s'y intéresse ?
Michel sortit soudainement de son état de prostration.

- C'était Sarah qui était passionnée par toutes ces histoires. J'ai bien essayé d'en lire deux ou trois mais je ne suis jamais arrivé à les finir car je n'accroche pas à ce genre d'idées. Par contre, elle y croyait dur comme fer ; elle était persuadée d'une autre existence après la vie sur terre.

Il sourit tristement et ajouta :

-   Sarah me disait toujours que si elle mourait la première, elle m'enverrait un signe. Cela fait plus de six mois et ….. toujours rien ….., pas le moindre message, pas le plus petit objet qui se soit déplacé pour me prouver son existence dans l'au-delà ; alors, j'ai beau lui parler toute la journée, je crains de plus en plus de devoir me faire à l'idée qu'elle ne m'entendra plus jamais.

Pauline, surprise mais amusée par son discours et la situation, lui rétorqua tout de go :

-   Mais elle vous entend !

Michel se leva agacé et se mit à déambuler.

-   Vous aussi, vous y croyez à ces sornettes !
-   Je n'y croyais pas vraiment ou plutôt je ne m'étais pas posée la question jusqu'à mercredi.
-   Pourquoi mercredi ? Le jour de l'enlèvement de Rébecca ?
-   Han – han … Parce que Sarah s'est adressée à moi ce jour-là.
-   Qu'est-ce que vous dîtes ? Si c'est une plaisanterie, elle n'est pas la bienvenue, je vous assure. Je vous croyais quelqu'un de plus intelligent, de moins méprisable !
-   Cessez de m'insulter et écoutez-moi ! Ce n'est pas un hasard si je me trouvais dans le magasin de jouets au moment où Madeleine a commencé à paniquer en s'apercevant de la disparition de Rébecca.

Et elle lui raconta toute l'histoire par le menu. Michel, assis sur le canapé, encore incapable d'accréditer totalement cette fable, sourit en relevant la tête, soudain plein d'espoir.

- Elle est vivante alors ?
- Oui, murmura Pauline, très émue d'avoir pu redonner le sourire à cet homme désemparé. Elle vit dans un autre monde mais elle est bien vivante.

Le téléphone les fit sursauter. Michel bondit et se saisit de l'appareil. Lorsqu'il décrocha, Pauline entendit une voix d'homme vociférer ; elle ne comprenait pas ce qu'il disait mais elle vit Michel se raidir, il semblait glacé. Et soudain, elle reconnut une petite voix fluette d'enfant terrorisée.

- Papa, Papa, je t'en prie ; viens me chercher !

La communication semblait coupée mais Michel mit un long moment avant d'ôter le téléphone de son oreille et abaissa lentement son bras pour le reposer.

- Ils s'imaginent que j'ai fait venir un groupe de skinheads pour les attraper, dit Michel d'une voix blanche.
- Ça ne tient pas debout ! La venue de ce groupe est un pur hasard ; ils ne doivent pas être les seuls à faire de cet entrepôt un lieu de rendez-vous. Si vous aviez fait venir des loubards pour les intercepter, je pense que vous leur auriez donné la consigne d'entrer dans l'entrepôt avec un peu plus de discrétion. Voulez-vous que je vous dise ? Ils se foutent de vous à mon avis. Vous n'avez pas pensé un instant qu'eux aussi avaient très bien pu contacter ces jeunes, et moyennant quelques pépettes, leur ordonner de vous faire peur pour qu'ils puissent se barrer sans vous rendre Rébecca ?

- Je ne sais plus ….. je ne sais plus. Ils m'ont dit qu'ils allaient me fixer un autre rendez-vous et que cette fois-ci, ce serait avec le pistolet sur la tempe de Rébecca et qu'à la moindre incartade, ils n'hésiteraient pas à tirer… J'ai peur, Pauline, j'ai très peur. Un des deux gangsters n'avait pas l'air d'accord pour laisser la vie à Rébecca. J'ai peur qu'il ne fasse changer l'autre d'avis après ce qui s'est passé.
- Michel, Sarah nous a donné l'adresse … Il faut prévenir la police maintenant.
- Mais les flics ne vont jamais croire à cette histoire de fantômes !
- Moi, je ne peux qu'y croire, alors je dois tout essayer pour les convaincre de sauver Rébecca.

Ils se rendirent au commissariat du XVIIIème arrondissement, rue de Clignancourt. Michel craignait cette entrevue mais bizarrement , Pauline s'y rendit le cœur confiant. Sarah l'avait chargée d'une mission et elle irait jusqu'au bout. Il rencontrèrent un inspecteur de police d'une trentaine d'années, très calme, très à l'écoute des autres.

- Vous devez nous prendre pour des tarés, conclut Michel à la fin de l'entretien.
- Pas du tout. Cela n'a rien à voir avec mon métier mais je suis un croyant convaincu de la vie après la mort. Et cela nous arrive parfois de faire appel à des médiums, des vrais, pas des charlatans, pour retrouver un corps.

Christophe Decourt, l'inspecteur, les renvoya afin de mettre au point une équipe de surveillance discrète pour le 45 rue de Tanger au 3ème étage. Quant à Pauline et Michel, ils rentrèrent à Créteil et bien que Michel ait fait un transfert d'appel sur son portable, celui-ci n'avait toujours pas donné de nouvelles des ravisseurs. L'attente devint de plus en plus pesante. A 21 heures, le téléphone n'avait pas sonné.

A 21 heures 30, il retentit enfin. C'était l'inspecteur qui les informait avoir effectivement localisé les deux individus. Après renseignements auprès du propriétaire de l'appartement, il semblait qu'il s'agissait d'un petit deux-pièces, avec une chambre au fond de l'appartement. La dite chambre avait des double-rideaux tirés en permanence depuis plusieurs jours d'après la vieille dame qui habitait au même étage, l'immeuble en face. Il y avait de grandes chances que Rébecca se trouvât dans cette chambre.

L'inspecteur Christophe Decourt s'étant informé auprès de Michel que les ravisseurs ne s'étaient toujours pas manifestés, pria celui-ci et Pauline de venir les rejoindre le lendemain matin à 05h30 au commissariat. Son équipe et lui tenteraient le forcing par la porte d'entrée et par la fenêtre de la chambre où devait se trouver Rébecca car celle-ci et l'appartement d'à côté possédaient une minuscule porte-fenêtre.

Michel invita Pauline à dormir dans une chambre d'amis mais chacun de leur côté eurent bien du mal à trouver le sommeil. Ils s'assoupirent un peu et à 3 heures, n'y tenant plus, Michel prit une douche, s'habilla et se rendit dans le salon où il eut la surprise de trouver Pauline déjà sur les starting-blocks, le livre du Père François Brune, « Les morts nous parlent », entre les mains.

- Vous êtes insomniaque ?
- Pas vraiment ; d'habitude, je dors comme un bébé mais je dois dire que les évènements de ces derniers jours ont mis mon esprit en éveil permanent. Et puis, je voudrais être vieille de quelques heures de plus.
- Moi aussi. J'ai peur que cela se passe mal. Et si les policiers jaugeaient mal la situation ?

- Je ne pense pas. Je fais confiance à cet inspecteur. Il a l'air de savoir exactement ce qu'il fait et je suis certaine que s'il se sent capable de les neutraliser sans qu'ils touchent à un cheveu de Rébecca, c'est qu'il a bien étudié la configuration de l'appartement et de l'immeuble. Et puis, ajouta-t-elle malicieusement, n'oubliez pas qu'ils ne savent pas qu'on connaît leur adresse ; Sarah ne communique pas avec eux !
- Oui, c'est vrai, répondit Michel rassuré par le calme et la détermination de Pauline, ainsi que de celle du jeune inspecteur.

A l'heure dite, ils se rendirent au commissariat de la rue de Clignancourt où toute une équipe les attendait. L'ensemble du groupe se rendit discrètement rue de Tanger et Christophe Decourt déploya ses hommes, dont deux à la porte-fenêtre de l'appartement d'à côté où les locataires avaient été écartés la veille, et les autres à la porte d'entrée.

Au signal et à 06h00 heures pile, les policiers défoncèrent la porte, tandis que côté rue, les hommes de Christophe Decourt fracassaient la fenêtre et pénétraient dans la chambre où la petite Rébecca qui dormait sur un matelas à terre, bondit d'un coup, apeurée. On entendit deux coups de feu dans la pièce à côté mais un des deux policiers la prit et la fit passer derrière lui tandis que son collègue la protégeait ; les deux avaient leur pistolet braqué sur la porte de la chambre qui s'ouvrit brusquement mais ils entendirent aussitôt l'inspecteur s'écrier :

- Ne bougez plus !

Le gangster s'arrêta net, acculé, sentant braqués sur lui plusieurs revolvers. Son complice qui s'était saisi de son pistolet sous son oreiller avait eu le temps de tirer à l'aveugle sur le premier des policiers qui avait pénétré dans l'appartement, le blessant heureusement légèrement au bras mais ses camarades avaient réagi promptement et avaient maîtrisé le voyou tout de suite.

La petite Rébecca, dans la chambre à côté, se mit à sangloter. Le policier s'agenouilla près d'elle et lui dit :

- C'est fini, ma petite poupée. Les policiers ont arrêté les vilains bandits qui t'avaient enlevée. Tu vas revoir ton Papa dans quelques instants.

Deux semaines plus tard …

Michel Delanoë avait invité Pauline à déjeuner en sa compagnie et celle de Rébecca. Il avait expliqué à sa fille l'importance du rôle de la jeune fille pour retrouver sa trace au moment de son enlèvement. Et malgré son jeune âge, il avait tenté de lui faire saisir que sa maman, pour la sauver, avait réussi à entrer en relation avec Pauline. Le contact s'était très vite établi entre elles deux, d'une part pour Pauline qui tombait sous le charme de cette gamine plutôt espiègle et attachante, et qui était réellement confrontée pour la première fois à l'enfance car elle n'avait pas de frère et sœur, pas de neveu ou nièce ; d'autre part pour Rébecca à qui manquait une présence féminine et jeune dans la maison.

Tandis que Michel et Pauline sirotaient un apéritif, Rébecca peignait et habillait sa dernière poupée Barbie, celle qu'elle avait repérée le jour de son enlèvement.

- Dites-moi Michel, j'ai constaté que vous aviez pas mal de bouquins d'histoire dans votre bibliothèque.
- Oui, j'aime bien de temps en temps étudier un personnage, une période. Je suis surtout attaché à l'histoire à partir de Louis XIII, Louis XIV, la Révolution française ... et la Russie aussi ! Ce n'est pas trop difficile d'enseigner au collège ?
- Parfois, c'est un peu décevant de parler à des adolescents qui se fichent éperdument de ce que vous leur racontez mais je ne suis pas trop mécontente de moi car j'arrive souvent quand même à accrocher leur attention en leur mimant l'Histoire comme une pièce de théâtre. Je me sens souvent dans la peau d'un acteur sur scène ; c'est ce qui permet de les captiver !
- Ce doit être passionnant ! En tout cas, vous avez l'air d'aimer votre métier.
- Oui, je l'ai choisi et je l'aime.

Rébecca qui écoutait sans en avoir l'air, vint s'asseoir sur ses genoux et lui dit :

- Alors, tu pourrais peut-être apprendre l'Histoire à mon Papa ! Il dit souvent qu'il voudrait retourner à l'école ! Tu serais son professeur !

Pauline et Michel, un peu gênés se regardèrent en souriant ; la jeune femme caressa tendrement les cheveux de la petite.

- Oui, pourquoi pas ?

Michel qui aimait bien cuisiner à ses heures perdues leur avait concocté un délicieux repas. Ils passèrent un excellent après-midi car ils s'aperçurent très vite qu'ils avaient une foule de choses en commun, en plus de leur amour pour l'Histoire. Quant à Rébecca, elle allait de l'un à l'autre avec une aisance parfaite, les rapprochant sans le vouloir, comme si elle se trouvait avec son papa et sa maman.

Lorsque Pauline quitta la maison, ce fut à regret car elle se rendait soudainement compte qu'elle s'y sentait à l'aise et qu'elle s'y plaisait. Michel la raccompagna jusqu'au portail où Rébecca lui sauta dans les bras en la becquetant de baisers et en lui serrant très fort le cou.

- Mais arrête Rébecca, tu vas l'étouffer !

Michel, lui, moins spontané, plus réservé, lui prit la main, comme pour la serrer, et se trouva aussitôt ridicule d'agir ainsi, en face de la femme qui l'avait aidé à sauver sa fille. Alors, il prit sa main entre les siennes et en la regardant avec candeur, il lui dit avant de déposer un baiser sur sa joue :

- Merci pour ce merveilleux après-midi, merci pour Rébecca, merci d'être là… Revenez quand vous voudrez.

Pauline lui sourit et l'embrassa affectueusement à son tour puis, elle se retourna rapidement vers son véhicule pour cacher les larmes qui glissaient de ses yeux sur ses joues.

Deux jours plus tard, Michel invitait Pauline à passer le week-end avec lui et sa fille en Normandie où il possédait un joli manoir. La jeune femme accepta avec joie car depuis le dimanche soir, elle brûlait d'envie de le revoir mais n'osait téléphoner de peur de s'imposer.

Ce soir-là, alors qu'elle corrigeait des copies, elle entendit un petit clic. Elle ne saisit pas bien au premier abord d'où provenait ce bruit et releva la tête pour inspecter la pièce autour d'elle. Elle n'y prêta guère attention et se replongea dans son travail, et soudain, elle entendit distinctement plusieurs « clap – clap – clap ». Elle reconnut aussitôt le bruit et se leva du canapé pour se précipiter sur l'ordinateur. Les touches s'enfonçaient lentement l'une après l'autre.

AIME – LE

LA VIEILLE

Il est 22h30 ce soir-là, et mon histoire se déroule en décembre au sein d'une modeste maison dans un village d'Auvergne. Marie, onze ans et André, neuf ans, sont couchés dans le même lit. Il faut dire que leur papa est instituteur et leur maman ne travaille pas ; nous sommes en 1930, Marie et André ont cinq autres frères, la famille ne roule pas sur l'or, alors les deux plus jeunes dorment ensemble.

Demain, c'est dimanche, il n'y a pas d'école, aussi le garçonnet et la fillette s'en donnent-ils à cœur joie. Comme chaque samedi, le lit se transforme en une énorme tempête, se métamorphosant selon l'humeur des enfants, en radeau luttant contre des vagues immenses, en maison de l'ogre qui fait vaciller les murs ou en chaumière enchantée dirigée par une bonne fée qui soulève d'un geste magique, lave et range assiettes sales et linge qui traînent, et qui plus est, distribue bonbons et gâteaux qui s'écoulent du robinet, sont éjectés de la huche à pain ou propulsés par la cheminée !

Le traversin, sous les doigts d'André, se commue en gourdin que l'ogre agite pour effrayer la petite Marie qui glousse et se cache sous son oreiller. Puis au bout de quelques minutes, l'histoire de l'anthropophage ne déclenchant plus d'hilarité du côté des deux protagonistes, Marie suggère à son frère qu'elle s'est soudain transformée en vieille sorcière hideuse qui entraîne les enfants chez elle pour les faire travailler, imitant un peu en cela l'histoire d'Hansel et Graetel.

- Alors mon petit, on vient visiter les vieilles dames que tout le monde ignore ; comme c'est gentil. Entre, entre donc, mon mignon que je t'offre une tasse de chocolat et un biscuit, dit la petite Marie en prenant une voix chevrotante et doucereuse.

Et elle entraîne son frère dans les profondeurs du lit.
Et clac, la sorcière ferme la chaumière à double-tour et pose les clefs sur une armoire que le petit ne pourra atteindre.

- Tu ne t'échapperas pas cette fois-ci, vilain garnement ! Tu vas commencer par me préparer une bonne soupe pour ce soir.
- Oui, oui, Madame, dit le petit André en jouant le gamin faussement apeuré.

Pendant qu'André sous les draps fait mine de s'activer à éplucher et couper des légumes et à les mettre dans une marmite sur le feu tandis que Marie la sorcière le surveille, celle-ci commence à avoir un peu chaud sous les draps mais peu à peu, elle sent monter en elle une angoisse et un sentiment d'étouffement qui n'est point dû à l'étuve que chacun peut ressentir enfoui sous des draps et des couvertures. Elle se sent de plus en plus moite et elle essaye de faire abstraction des bruits produits par son frère pour tenter de percevoir l'invisible car elle semble soudain convaincue d'une présence dans la chambre.

- André ? … André ! chuchote-t-elle. Je crois qu'il y a quelqu'un dans la chambre.
- Pfft, tu es bête. Maman et Papa ne sont pas là ; on n'a pas entendu la porte.

- Mais non, je ne te parle pas de Papa et Maman ! J'ai l'impression que quelqu'un nous observe.
- Tu dis ça pour me faire peur, méchante !
- Non, non, je t'assure. Donne-moi la main et remontons doucement en haut du lit.
- Je te préviens, ta blague, elle est pas drôle ; je joue plus avec toi si tu continues à raconter des trucs pour que je dorme pas.

Marie ne répond pas et rassurée de tenir la main de son frère, parvient jusqu'à son oreiller et se remettant sur le dos, sort lentement la tête de dessous la couette et ouvre les yeux. Incapable de crier, elle porte aussitôt la main à sa bouche et se crispe sur la main de son frère.

- Aïe, t'es malade ! Tu me fais mal.

André parvient à son tour à s'extirper des draps et couvertures et s'apprête de nouveau à injurier sa sœur lorsqu'à son tour, sa voix reste bloquée au fond de sa gorge. Les deux enfants tremblent et claquent des dents car le spectacle qui s'offre à eux n'est pas ordinaire. Effectivement, quelqu'un est là et les regarde. Ils peuvent distinguer totalement cette personne car bien que les volets aient été soigneusement fermés par leur maman et que par ailleurs, la nuit noire de décembre ne laisse guère échapper de rai de lumière, la chambre est éclairée par un bougeoir tenu par une vieille dame assise sur une chaise auprès de leur lit.

Son regard reste fixé sur les enfants mais il est comme vide. Marie s'imagine un instant que c'est la sorcière d'Hansel et Graetel qui s'est matérialisée ; mais non, ce n'est pas possible, elle n'est pas si laide que cela cette vieille et puis Marie n'est plus une enfant pour croire aux contes de fées.

Marie, tout d'un coup, rabat de nouveau les draps sur sa tête et celle de son frère, espérant par ce geste effacer ce vilain cauchemar et laissant quelques secondes s'écouler, elle sort de nouveau la tête avec l'espoir de retrouver l'obscurité et la chambre vide mais lorsqu'elle risque un œil, la vieille est toujours là, son visage sinistrement éclairé par sa bougie, les yeux toujours creux, le visage impassible, comme un personnage figé dans le temps. Elle porte une jupe noire, ample, surmontée d'un caraco que recouvre un fichu de laine noire. Ses cheveux sont tirés impeccablement en un chignon strict qui lui donne un air sévère et impavide à la fois. C'est justement cela qui effraie le plus les enfants. L'angoisse des gamins est toujours latente et ils n'osent et ne peuvent prononcer un mot, même entre eux.

Après plusieurs tentatives de se cacher la tête sous les draps et de revenir à l'air, dans l'espoir que la vieille disparaisse, les enfants renoncent à leur petit manège. Quant à elle, ni son corps, ni son visage, ni la main qui serre le bougeoir, rien n'a bougé d'un poil ; seule la flamme de la chandelle semble agitée de temps en temps, non pas par l'air qui pourrait s'échapper des lèvres de la vieille car elle ne paraît pas respirer du tout, mais seulement par le souffle court des enfants transis de peur.

Soudain, Marie remarque autour du cou de la vieille, un médaillon qui pend sur sa poitrine ; étant éclairé par la lueur de la flamme, elle reconnaît nettement le visage de la Vierge Marie. Alors, ce petit détail va tout changer dans l'esprit de la fillette. Elle se dit qu'elle n'est pas bien futée mais que si cette vieille dame porte sur elle une médaille de la Vierge, ce ne peut être un envoyé du diable et elle parvient à articuler doucement dans l'oreille de son frère :

-   Regarde autour de son cou, elle a la Vierge. Elle ne doit pas être méchante alors…

Le petit, rassuré, semble se rallier à sa sœur et leurs deux corps qui jusque là étaient pressés l'un contre l'autre semblent se détendre et ils tremblent moins. Et même Marie ose doucement :

- Qui êtes-vous ?

Mais imperturbable, le visage et le corps de la vieille resteront statiques malgré les demandes réitérées de la petite fille.
Puis soudain, les enfants ayant fermé les yeux un instant et les ouvrant de nouveau verront la flamme vaciller puis s'éteindre et la vieille disparaître.
Ils mettront longtemps avant de se calmer, avant que leur cœur ne se remette à battre normalement, avant que tout tremblement s'efface et ce n'est que vers 3 heures du matin que les deux petits, épuisés, sombreront dans le sommeil.
Le lendemain, lorsque leur maman vint les tirer du lit, et lorsqu'ils apparurent pour déjeuner dans la cuisine, elle leur trouva une mine déplorable, des cernes sous les yeux.

- Mais qu'avez-vous ? Vous êtes plus pâles que la mort !

Marie et André se regardèrent et craquant enfin, leur esprit voulant se délivrer de ce poids si lourd à porter pour des enfants, pleurant, suffocant, racontèrent leur nuit d'angoisse à leurs parents et à leurs frères. Ces derniers se mirent à rire à gorge déployée.

- AH ! AH ! AH ! Vous vous inventez tellement d'histoires que vous finissez par y croire !

Les deux petits les regardaient, médusés par tant de bêtise.

- Qu'est-ce que c'est que ces histoires ? tonitrua le père. Vous nous prenez pour des imbéciles !
- Allons, allons, dit la maman. Ces enfants auront tout simplement fait un cauchemar.
- Mais non, Maman ! Je t'assure. Elle était bien là, au pied du lit, la vieille et elle nous regardait tout le temps mais sans nous parler.
- Et comment était-elle ? demanda leur papa.
- Ben, elle ressemblait aux grands-mères d'ici.

Le mari et la femme se regardèrent, perplexes, ne sachant que penser. Les enfants semblaient tout de même bien effrayés, ils entraînèrent même leur père et leur mère, au pied du lit et recommencèrent leur description.

- Bon, vous allez déjeuner et vous irez à la messe avec votre mère. Augustine, t'en parleras toujours au curé, toi qui t'entend bien avec lui … Il pourra toujours marmonner quelques prières. Je ne crois pas beaucoup aux fantômes mais si cela peut vous rassurer…

La maman prit ses gamins par la main d'un air courroucé car elle savait pertinemment ce que son mari pensait du Bon Dieu ; elle les fit asseoir à table en caressant leurs cheveux.

- Allez, mes anges, vous allez prendre un copieux petit déjeuner et cela ira mieux ensuite en prenant un bon bol d'air pour aller à l'église.

Les nuits suivantes se passèrent sans problème. Les jours raccourcissaient de plus en plus car Noël approchait. Le 21 décembre, Marie et André découpaient des images dans un vieil almanach, auprès de la cheminée tandis que leur maman confectionnait des petits gâteaux pour la veillée de Noël. C'était le début des vacances pour les enfants ; la maison, malgré le froid glacial du dehors, semblait baignée d'une douce chaleur et d'une quiétude propre à l'attente de Noël. Quand soudain, cette sérénité fut troublée par un bruit de voiture qui s'arrêta brusquement devant la maison et des portières claquèrent. Peu de gens avaient de voiture dans le village : le maire, le notaire ... qui pouvait bien leur rendre visite ? Des passants égarés peut-être ... On toqua à leur porte et Augustine s'essuya les mains sur son tablier pour aller ouvrir la porte. Le maire, accompagné d'Auguste le boulanger, se tenait devant elle, le visage bouleversé. Ils retirèrent leur chapeau et le tordirent dans leurs mains, de façon visiblement ennuyée et agitée.

- Mais entrez donc ! Que se passe-t-il ? Qu'est-ce qui vous amène ?
- Ah, ma pauvre Augustine, gémit le maire. Je préfèrerais ne pas être là.

Augustine le regarda d'un air perplexe puis anxieusement se tourna vers Auguste et l'interrogea du regard.

- Il faut que je te dise, enchaîna celui-ci. Baptiste voulait te faire une surprise ce soir à toi et aux enfants. Il m'avait demandé de lui prêter ma charrette cet après-midi pour aller chercher un sapin et j'avais accepté pendant le temps que je faisais la sieste. Mais à mon réveil, j'ai attendu et ne le voyant pas revenir, j'ai commencé à m'inquiéter et je me suis décidé à aller chercher Monsieur le Maire qui nous a conduits avec sa voiture vers l'endroit que Baptiste m'avait indiqué. Et lorsque nous sommes arrivés, nous avons trouvé la charrette mais pas de Baptiste ; pourtant le sapin était déjà dans la charrette. Nous avons appelé, appelé : rien ! Alors, nous avons cherché dans l'espoir de le trouver avant la nuit et …

- Et ?
- Je ne sais pas pourquoi, il est descendu dans le chemin, tu sais, qui mène au torrent. Peut-être qu'il a vu un renard ou un lapin et qu'il a voulu lui courir après… Mais, tu sais, le chemin est glissant, le sentier est tout raviné et … je pense qu'il a glissé et qu'il est tombé …
- Mais où est-il ? Vous l'avez amené chez le docteur. Amenez-y moi tout de suite !
- C'est ce que nous avons fait ; nous l'avons amené chez le docteur mais sa tête avait heurté une pierre et le docteur n'a rien pu faire. Il nous a dit qu'il a dû mourir sur le coup.

Augustine laissa échapper un faible cri, les yeux horrifiés. Marie et André se rapprochèrent d'elle et se serrèrent contre leur mère ; ils se mirent à pleurer doucement.

- Je suis désolé, dit le Maire. Lorsque nous l'avons trouvé, une flaque de sang s'était formée auprès de sa tête. Il était déjà sans vie. Ma pauvre Augustine, il va vous falloir bien du courage à toi et à tes enfants, dit-il en les prenant dans ses bras.

Le surlendemain, le 23 décembre, Baptiste reposait dans son cercueil. Ses fils et sa fille pleuraient en silence autour de lui. Augustine, un instant, s'échappa pour aller dans sa chambre. Elle en revint avec à la main une chaîne et un médaillon qu'elle mit autour du cou de son mari.

- Mon gentil Baptiste, emporte avec toi ce médaillon de la Vierge, qu'elle te protège tout au long du chemin.

Elle se tourna vers les enfants et leur expliqua que ce médaillon appartenait à leur grand-mère, la maman de Baptiste qui adorait son fils. Chacun des enfants s'approcha pour voir le médaillon et donner un dernier baiser à leur père. Marie et André s'approchèrent du cercueil en dernier, chacun d'un côté et ils allaient embrasser le front de leur père quand leurs yeux tombèrent sur le médaillon. Horrifiés, ils reculèrent d'un pas, tandis que leurs regards se croisaient. Ce médaillon, ils le reconnaissaient à présent, c'était celui de la vieille grand-mère qui était venue leur rendre visite dans la nuit, au début de décembre…

NOYADE

Toi le frère que je n'ai jamais eu
Sais-tu si tu avais vécu
Ce que nous aurions fait ensemble ?
…..   …..   …..   …..   …..
On aurait sûrement partagé
Les mots d'amour et les regrets
…..   …..   …..   …..   …..
Les paires de gants, les paires de claques
…..   …..   …..   …..   …..
Mais tu n'es pas là.
A qui la faute ?
Pas à mon père, pas à ma mère
…..   …..   …..   …..   …..

Audrey, seule dans sa chambre, fredonnait le dernier disque de Maxime Leforestier. En cette année 1974, elle venait d'avoir quatorze ans et les paroles de cette chanson lui allaient droit au cœur. C'était une jeune-fille au tempérament mélancolique et l'entrée dans l'adolescence réveillait en elle la tristesse d'être toujours seule, de ne pouvoir partager avec un frère ou une sœur petits secrets et chagrins d'amour. Elle vivait seule avec sa mère, son père s'étant suicidé sans explication alors qu'elle n'avait même pas trois ans. Et elle ne pouvait guère se confier à sa mère, celle-ci étant dotée d'une personnalité plutôt froide et distante.

Elle ressassait sa tristesse et sa solitude tout en faisant ses devoirs lorsqu'on sonna à la porte. Sa mère ouvrit et toute surprise, elle reconnut la voix de son amie Carla qui semblait être accompagnée de ses parents. Elle se précipita dans l'entrée, subitement toute joyeuse.

- Mais qu'est-ce que tu fais là ? Oh bonsoir, et elle s'approcha de Monsieur et Madame Bardet pour les embrasser.
- Excusez notre intrusion à cette heure-ci, dit Monsieur Bardet en s'adressant à la mère de Carla, mais nous voudrions vous parler d'un projet pour le mois de juillet et nous devons donner une réponse rapidement. Nous partons en vacances sur le Bassin d'Arcachon et nous-mêmes et surtout Carla, ajouta-t-il d'un œil malicieux en direction des adolescentes, serions très heureux qu'Audrey se joigne à nous, si vous n'y voyez pas d'inconvénient et si vous n'avez pas d'autre projet, bien sûr.

Solange Lacourt rougit et s'agita un peu sur sa chaise avant de répondre, un peu gênée.

- Oh, c'est très gentil de votre part de proposer ces vacances à Audrey mais je dois vous prévenir d'une chose, c'est qu'elle a une peur bleue de l'eau, dit-elle en se tournant vers sa fille avec un sourire crispé.
- Mais Maman, je ne suis pas allée à la mer depuis longtemps !
- Nous savons, nous savons, répliqua Monsieur Bardet en balayant l'air de sa main comme s'il chassait ce problème en un rien de temps. Peu importe, nous ne forcerons certainement pas Audrey à nager si elle ne le

désire pas. Ce qui compte pour nous, c'est que nos deux filles partagent de merveilleux moments de complicité pendant tout un mois. Carla est fille unique, à notre grand regret, ma femme ne pouvant plus mettre au monde d'autres enfants et Carla se sent bien seule parfois, malgré toute l'attention que nous lui portons, dit-il en souriant affectueusement à sa fille.

- Et bien, qu'en dis-tu Audrey ? fit Madame Lacourt.
- Oh oui, moi, je veux bien y aller, répondit-elle aussitôt en mordant ses lèvres d'un air anxieux, attendant l'approbation de sa mère.
- Bon, c'est d'accord, fit celle-ci avec un haussement d'épaules. De toute façon, en juillet, je travaille, ajouta-t-elle d'un air un peu amer.

Les deux gamines bondirent de joie et s'étreignirent avec affection.

Le mois de juillet fut particulièrement chaud sur la côte atlantique cette année-là et Audrey, gagnée par l'enthousiasme débordant de Carla en ce qui concernait la nage et les jeux dans les vagues, sentit sa peur et ses réticences se dissiper et finit par se fondre dans l'eau comme si cet élément lui avait été toujours familier.

Monsieur et Madame Bardet, heureux de voir les deux petites si proches l'une de l'autre et parfaitement heureuses de s'éclater ensemble les mitraillaient littéralement avec leur appareil photo. Et durant leur séjour, Louise Bardet décida de faire développer les premières pellicules. En revenant des courses, elle ramena un jour trois pochettes qu'elle tendit aux deux adolescentes.

- Tenez, je vous laisse la primauté.

Carla et Audrey se précipitèrent sur le canapé pour regarder les photos.

- Oh regarde la tête qu'on tirait en escaladant la dune du Pyla !
- Ouais, c'est surtout toi qui a l'air de peiner. Tes guiboles n'avançaient plus !
- Mouais … Oh génial, la bataille au fucus vésiculeux avec ton père ! Il a l'air d'un noble sous Louis XIV avec sa perruque verte !
- Ah voilà les premières photos de toi dans l'eau. On dirait une reine qui sourit à son peuple … Du coup, Papa était tellement heureux de te voir dans l'eau qu'il a fini la pellicule ce jour-là.
- Ah voilà celles que ta maman a prises lorsqu'on revenait en pédalo. Mais … c'est qui ça ? fit Audrey soudainement interloquée.
- Bah, qu'est-ce que c'est que cette histoire ? D'où il sort ce mec ?

Les deux filles, complètement abasourdies regardaient la photo, incrédules. Sur le pédalo revenant au bord de la plage, on voyait distinctement derrière les deux adolescentes assises au premier rang, un garçon blond aux yeux verts, du même âge qu'elles environ, à califourchon sur l'arrière de l'engin. Il souriait d'un air joyeux.

Carla entreprit de passer d'un geste brusque à la photo suivante pour vérifier si cet inconnu ne s'y trouvait pas encore et qu'elle ne fut pas sa surprise de découvrir à côté d'elles sur le sable, non pas ce joli jeune homme de la photo précédente mais un gros bébé d'un an environ, avec une chevelure blonde et bouclée.

Stupéfaite, elle se mit à regarder rapidement le reste des photos mais elle ne découvrit plus rien d'incohérent. Juste ces deux photos …

- Ce n'est pas possible, je n'y comprends rien … laissa tomber d'une voix craintive la petite Audrey qui se recroquevilla sur elle-même, comme soudain pénétrée d'une peur panique.
- T'affole pas, il y a sûrement une explication à ce phénomène, rétorqua Carla qui gardait son sang-froid en toutes circonstances.

Ses yeux allaient d'une photo à l'autre et elle finit par s'arrêter plus longuement sur celle où l'adolescent les accompagnait sur le pédalo. Tout à coup, son regard se dirigea successivement vers son amie puis vers la photo et d'un air réfléchi, elle décréta calmement :

- C'est étrange, ce garçon sur la photo, on dirait ton frère !
- Mon frère ! Mais qu'est-ce que tu racontes ? Tu sais bien que je n'ai pas de frère ; et puis d'abord, même si j'en avais un, à ce que je sache, il n'a pas posé avec nous.
- En tout cas, il a les mêmes yeux verts que toi, les cheveux blonds, épais comme les tiens, le même sourire … Tu étais bouclée petite ?

Audrey ravalant péniblement sa salive murmura un petit « oui ».

- Si tu veux mon avis, le bébé et le garçon, c'est une seule et même personne à quelques années de distance.
- Je ne comprends rien. Je vois bien que ce garçon me ressemble mais je ne vois pas où tu veux en venir…

Carla, les mains campées sur les hanches la scruta d'un œil perplexe.

- Tu peux me dire pourquoi tu me dévisages comme un OVNI ?
- Tu es sûre de ne pas avoir eu de frère ?
- Mais enfin, tu es tarée ! Il n'y a jamais eu personne d'autre que moi et ma mère à la maison.
- Est-ce que tu as déjà vu le livret de famille de tes parents ?
- …..

Blanc complet sur toute la ligne pour Audrey. Elle eut beau chercher, elle ne se souvenait pas d'avoir eu en main un tel objet.

- Ça ressemble à quoi ?
- Un petit livret, très mince où sont consignés les naissances et les décès d'un couple.
- Non, non, je ne crois pas l'avoir déjà vu.

Carla réfléchit un instant. Elle se sentait l'âme d'un détective.

- Phénomène paranormal, ça te dit quelque chose ?

Audrey la dévisagea d'un air dubitatif.

- Que veux-tu dire ?
- Disons que j'émets l'hypothèse que ce beau jeune homme sur la photo qui, tu en conviendras, te ressemble comme deux gouttes d'eau, est peut-être quelqu'un de ta famille, ….. mort.
- Mort ? Mais …
- Quelquefois, des morts apparaissent sur des clichés. Ce mort là a peut-être quelque chose à te dire, suggéra-t-elle à son amie.

Audrey prit sa tête dans ses mains et se mit à pleurer.

- Je n'y comprends rien, je n'y comprends rien.
- Ecoute Audrey, ces deux photos, je vais les planquer, mes parents ne s'en apercevront sans doute pas. Mais toi, je te conseille ou de chercher ce fameux livret chez toi, ou de cuisiner ta mère.

Audrey dînait en silence avec sa mère. Elle était rentrée depuis deux jours et déjà l'atmosphère de cette maison lui pesait, la présence même de sa mère lui semblait insupportable. En deux jours, Audrey lui avait raconté toutes ses vacances et maintenant, c'est comme si elles n'avaient plus rien à se dire. Solange Lacourt ne posait plus de questions ; elle semblait absente par moments, c'est du moins l'impression qu'en retenait Audrey. Celle-ci ayant fini son fromage fit des petites boulettes avec la mie de pain qui traînait sur la table et soudain, elle se jeta à l'eau.

- Dis au fait Maman, je n'ai jamais vu notre livret de famille. J'aimerais bien voir comment c'est écrit pour ma naissance et … pour la mort de Papa.

Solange Lacourt rougit et se leva pour cacher son trouble qui n'échappa point à sa fille.

- Ah je me demande où je l'ai mis… Cela fait des années que je n'en n'ai pas eu besoin. Je chercherai…

Audrey réfléchit et soudain dans un élan incontrôlé s'élança fougueusement dans ce qui lui semblait une bataille.

- J'ai quelque chose à te montrer Maman et je voudrais que tu me dises ce que tu en penses.

L'adolescente se précipita dans sa chambre et en revint avec les deux photos prises par les parents de Carla. Elle les tendit sans un mot sous les yeux de sa mère. Celle-ci ouvrit des yeux démesurés et son visage afficha tout à coup un air dément qui effraya quelque peu Audrey. Mais elle n'eut pas le temps de réfléchir car sa mère qui s'était empourprée à la vue des photos, blanchit puis s'écroula évanouie sur le sol de la cuisine. Son malaise dura quelques secondes puis elle reprit connaissance et Audrey l'aida péniblement à se relever. Elle parvint tant bien que mal avec elle jusqu'au canapé. Sa mère n'avait toujours pas proféré un mot.

- Pourquoi ces photos ont-elles provoquées en toi ce bouleversement ?

Solange Lacourt commença à articuler quelques mots inaudibles et voyant qu'elle ne pouvait se faire comprendre de sa fille, éclata en sanglots ; et soudain, elle se répandit en un flot de paroles.

Elle avoua à Audrey l'existence d'un jumeau mort à quinze mois par noyade dans une petite piscine gonflable d'enfant. Elle lui expliqua qu'elle était seule au jardin au moment des faits. Audrey et son frère Boris pataugeaient joyeusement dans la piscine. Solange avait pris dans ses bras la petite Audrey pour l'essuyer et la gamine à ce moment-là aperçut un écureuil dans un des sapins ; elle le montra du doigt à sa mère, en trépignant pour avancer vers l'arbre. Alors Solange, amusée par l'insistance et l'ébahissement de sa fille devant ce petit animal, s'éloigna avec elle, laissant seul le petit Boris pendant quelques instants. Solange Lacourt expliqua à sa fille combien il était difficile pour une mère de toujours s'occuper de deux enfants à la fois et elle avoua que oui, à ce moment là, elle avait voulu se consacrer pleinement à la découverte de sa fille et qu'elle avait occulté complètement de son esprit le petit Boris. Mais lorsqu'elles étaient revenues près de la piscine, son frère gisait à plat ventre, la tête dans l'eau. Il ne bougeait déjà plus. Elle l'avait relevé puis appelé les secours mais malheureusement, les pompiers ne purent ranimer le petit corps.

A la suite de cette découverte , Audrey se mit à faire des cauchemars ou plutôt le même cauchemar qui, en fait, variait peu mais troublait ses nuits de façon inquiétante. Elle se réveillait en sueur, très angoissée et ne pouvait appeler personne à l'aide, surtout pas sa mère… Car dans son rêve si noir qui pourtant semblait se passer sous un magnifique ciel bleu et un chaud soleil d'été, elle voyait sa mère qui essayait de la noyer en lui appuyant sur la tête ou bien tentait de noyer son petit frère.

Après ces premiers incidents, il revint à la mémoire d'Audrey que quelques années auparavant, ses nuits étaient entrecoupées de cauchemars où elle se voyait se noyer, d'où sa peur panique de l'eau.

Mais elle ne put cacher bien longtemps ses nuits agitées car sa mère l'entendit crier plusieurs fois et un matin, avant de repartir au travail, elle lui en demanda l'explication. Audrey, gênée, raconta la totalité de ses cauchemars, n'épargnant pas sa mère par la dureté de ses propos, même si les faits racontés restaient fictifs.

Solange Lacourt entra dans une colère noire, reprochant à sa fille de se montrer odieuse et ingrate. Pas un instant, cette femme si froide ne put se mettre à la place de cette adolescente paniquée qui, à quatorze ans, découvrait que son frère jumeau était mort noyé par la négligence de sa mère et, peut-être aussi, se disait-elle en son for intérieur, par sa faute à elle … ? Mais peut-on blâmer une enfant de quinze mois ?

Non Audrey, tu n'es pas fautive. Ce sont aux adultes de se comporter en parents responsables. Tu n'es pour rien dans la mort de ton petit frère mais comme cette mort te pèse désormais …

A la mi-août, Audrey partit en vacances chez ses grands-parents paternels que Solange Lacourt ne fréquentait plus depuis la mort de son mari, ceux-ci lui ayant plus ou moins ouvertement reproché le suicide de leur fils. Mais Audrey les adorait et serait volontiers restée chez eux définitivement.

A leur grand ébahissement, Audrey se mit à leur poser des questions sur son frère Boris et sur son père. Ils lui expliquèrent que leur fils Roland avait très mal vécu la mort de cet enfant et qu'un grand chagrin semblait l'avoir envahi. Cette tristesse semblait dépasser la mort de Boris et les grands-parents constatèrent la mésentente qui s'ensuivit entre lui et sa femme, celle-ci semblant se remettre très vite de la mort du petit, comme si de rien n'était.

- Son immense chagrin l'a conduit à une dépression nerveuse très grave et malgré les soins d'un psychiatre compétent, il s'est donné la mort deux ans jour pour jour, à l'anniversaire de ce malheureux accident, raconta la grand-mère d'Audrey en essuyant des larmes sur ses joues ridées.

Son mari lui prit la main et la tapota affectueusement. Il serra les lèvres comme soudain empli d'une sourde colère et déversa la haine de sa belle-fille qu'il avait toujours contenue en lui pour protéger Audrey.

- Je ne voudrais pas sembler médisant et te causer le moindre mal mais je crois qu'à ton âge, tu es en droit de connaître certaines vérités, puisque tu nous demandes des explications. Au risque de te blesser, il faut que tu saches que ta venue au monde et celle de ton frère Boris résulte d'un accident et non pas d'un désir d'enfant de la part de tes parents, ou plutôt de ta mère. Elle ne voulait surtout pas d'enfant qui puisse perturber sa vie, et encore moins d'un garçon, dans lequel elle ne voyait que désagréments et ennuis. Malgré tout, lorsque vous êtes arrivés au monde, elle t'a accueillie favorablement mais, quant à Boris, c'était une autre histoire… Dès la naissance, elle s'est comportée différemment avec vous deux. Tu avais droit à quelques câlins, à un peu de douceur mais avec lui, elle restait de glace et faisait preuve d'une rigidité incroyable pour un bébé. Elle ne lui pardonnait tout simplement pas d'exister… et d'avoir des besoins de nourrisson. Ta grand-mère et moi en étions malades ; nous aurions voulu prendre ce petit chez nous mais comment expliquer cela à ton père ? Il adorait Boris et elle, fine mouche, le laissait s'occuper de lui autant qu'il pouvait la décharger. Mais je crois que ton Papa n'était pas dupe. Le petit avait un comportement complètement différent lorsqu'il se trouvait avec son père. Et nous, nous avons assisté à des scènes bien pénibles en présence de ta mère. Elle lui enfournait la nourriture à toute vitesse dans la bouche, le jetait d'énervement sur son lit et bien des fois, lorsque nous sommes arrivés à l'improviste, le petit pleurait attaché sur son transat ou dans son lit et nous nous sommes aperçus que sa couche n'avait sans doute pas été changée de la journée, ses cheveux semblaient sales, sa bouche était maculée de lait, de purée. Nous en avions le cœur brisé… Alors , nous essayions de nous en occuper le plus possible mais elle prenait par la suite un malin plaisir à nous dire qu'elle ne serait pas là pour ne pas nous supporter. Nous nous sommes tout de même rendus plusieurs fois chez vous pour constater ses mensonges et elle refusait d'ouvrir la porte. Lorsque nous nous sommes ouverts à Roland de l'attitude de ta mère, il s'est trouvé désemparé, ne sachant plus qui croire. Si nous avions su que cela irait jusqu'à la mort de Boris, nous en aurions parlé à une assistance sociale. Nous n'avons pas su agir à temps…

La voix du pauvre grand-père se cassa et il éclata en sanglots.

Audrey se rapprocha de lui et de sa grand-mère et les entoura de ses bras.

- Ce n'est pas de votre faute. Vous ne pouviez pas savoir…

Et tous les trois pleurèrent en silence.

Audrey adorait la vieille maison en pierres de ses grands-parents. Elle y sentait une âme, alors que l'appartement qu'elle partageait avec sa mère lui semblait froid et lugubre. En effet, à la mort de son mari, Solange Lacourt avait vendu la belle maison qu'ils habitaient pour prendre un appartement dans un immeuble neuf et qu'elle avait meublé en style très froid et épuré : les murs blancs, les meubles noirs dans la salle de séjour, la cuisine équipée en granit noir. Audrey détestait cet appartement et la façon dont il était décoré, aucune chaleur n'en n'émanait.

Petite, elle aimait fouiller dans les malles de sa grand-mère pour se déguiser mais ce jour-là, c'est avec une idée derrière la tête qu'elle monta au grenier pendant que ses grands-parents faisaient la sieste. Elle explora les différentes boîtes ou grands cartons qui s'y trouvaient et enfin, elle découvrit celui dont elle espérait bien l'existence. Au-dessus du carton était écrit en gros :

ROLAND – BORIS - AUDREY

Elle trouva quelques cahiers d'écolier appartenant à son père, des cartes postales qu'il avait envoyées à ses parents de ses premiers voyages lointains, une écharpe, une chemise et enfin, elle découvrit des albums photos. Grâce aux années indiquées dessus, elle n'eut pas de mal à trouver les photos qu'elle désirait voir.

1960-1961 : Boris et elle tout bébés, dans les bras de leur père ou avec leurs grands-parents mais pas une photo de sa mère. Sur l'une de ces photos datée du 15 juin 1961, peu de temps avant la mort de Boris, elle n'eut pas de mal à reconnaître le petit bonhomme qui se tenait à ses côtés sur la photo miraculeuse prise par les parents de Carla le mois précédent. Un petit être fin aux yeux lumineux, des boucles blondes encadrant son visage et sur cette photo-là, il souriait à son père ; le même sourire mystique qu'il arborait sur le sable aux côtés d'Audrey au mois de juillet de cette année 1974.

Audrey ne pouvait détacher ses yeux de ce regard d'enfant. Elle passa son doigt sur l'ovale de son visage et murmura :

-   Tu es sûrement vivant quelque part, petit Boris. Que veux-tu me dire, p'tit frère ? Pourquoi t'es-tu manifesté à moi ? Peut-être voulais-tu simplement me dire que tu existais, que je n'étais pas tout à fait seule...

Audrey soupira tristement et continua à feuilleter l'album photos ; elle allait le refermer lorsqu'elle s'aperçut que la page cartonnée de la fin contenait une encoche un peu épaisse. Elle en retira une lettre écrite de la main de son père. Elle se mit à la lire et ses mains se mirent à trembler, tout son corps fut parcouru d'un frisson qui la glaça jusqu'aux os, alors que ce mois d'août se présentait sous un jour plutôt torride. Son père ne s'adressait pas à quelqu'un en particulier ; c'était plutôt une sorte de réflexion. Il avait certainement glissé cette lettre de façon intentionnelle dans cet album précis, afin qu'un jour quelqu'un – Audrey ? – la découvre. En fait, son père, sous forme d'interrogation émettait fortement l'hypothèse que sa femme ait pu assassiner le petit Boris !

Audrey rentra chez elle le 1er septembre, la mort dans l'âme. Sa mère l'accueillit froidement ; c'est à peine si elles échangèrent un baiser.

L'adolescente avait toujours froid. Elle disait à son amie Carla, à qui elle avait raconté toutes ses découvertes, que c'était comme si elle sentait la mort roder autour d'elle. Carla s'inquiétait sérieusement pour son amie, non seulement pour sa santé morale mais cette adolescente qui ne portait déjà pas Solange Lacourt dans son cœur, craignait les réactions de cette femme si l'« affaire Boris » revenait sur le tapis. Comment reconnaître quelqu'un dit « normal » de quelqu'un qui ne le serait pas ? Où se trouve la normalité chez l'être humain ? Ces questions la rendaient inquiète et anxieuse.

Et Audrey se mit à questionner sa mère sur Boris. Elle voulait tout connaître de lui mais Solange Lacourt s'impatientait devant ce flot de questions. Jusqu'au jour où Audrey voulut que sa mère lui raconta en détail les causes de la mort de Boris ; ce fut la goutte d'eau qui fit déborder le vase car depuis quelques jours, les questions se faisant de plus en plus précises, le ton montait et ce jour, la situation s'envenima.

- Comment as-tu pu oublier à ce point ce bébé ?
- Mais qu'est-ce que tu cherches à la fin avec tes questions ? Ton frère est mort, il ne reviendra plus ! A quoi ça sert de remuer tout ça ?
- Je veux savoir !

- Tu veux savoir quoi à la fin ? dit Solange Lacourt avec un rictus mauvais au coin des lèvres.

Audrey prit peur soudain par ce visage déformé par la haine. Elle fit mine de secouer la tête pour laisser croire à sa mère qu'elle renonçait à ses questions et se retira dans la salle de bains pour se plonger dans l'eau de la baignoire et se détendre. Elle y mit de la mousse pour se faire plaisir, pour essayer d'égayer son cœur mais ce cœur était bien lourd. Elle ferma les yeux et respira profondément pour se détendre complètement lorsqu'elle entendit trois petits coups à la porte de la salle de bains. La porte s'ouvrit et sa mère vint s'asseoir sur le rebord de la baignoire. Elle semblait calmée et se mit à lui parler d'une voix douce, en laissant traîner son doigt timidement dans l'eau, sans trop oser regarder sa fille.

- Ecoute ma chérie, il faut qu'on arrête toutes les deux de se déchirer, de se faire du mal. Nous ne sommes plus que toutes les deux, alors essayons de nous entendre comme deux bonnes copines. Tiens, si tu veux dimanche, nous pourrions aller au cinéma ensemble, qu'est-ce que tu en dis ?

Audrey sourit timidement, un peu gênée par la volte-face de sa mère, par ce revirement de situation. Elle ne pouvait imaginer que sa mère put se comporter de façon tendre et aimante. Enfin peut-être qu'Audrey avait touché la fibre maternelle sans le vouloir…

- Ecoute, Maman… Je ne sais pas… dit Audrey en se retournant vers le mur pour prendre un gant, histoire de ne pas regarder sa mère dans les yeux en lui parlant.

Dommage car elle aurait pu y lire la lueur assassine que drainaient ses yeux. Solange Lacourt profita que sa fille se détournait pour se lever et appuya sur sa tête pour la plonger dans l'eau complètement. Audrey eut le réflexe de fermer aussitôt sa bouche, elle se débattait avec force malgré sa tête sous l'eau tandis que sa mère continuait à la maintenir. Audrey dont le cœur battait à deux cents à l'heure et qui sentait le malaise la gagner revit en un instant ses cauchemars des dernières nuits et elle pensa surtout à une main qui appuyait sur des boucles blondes. Alors dans un sursaut de désir de vie comme peuvent en déployer uniquement de jeunes adolescents et dans un sursaut de vengeance, elle arriva à attraper le bras de sa mère et à enfoncer ses ongles dans les veines de son poignet. Sa mère, sous la douleur, relâcha sa pression et Audrey en profita pour la tirer et la déstabiliser, et elle tomba les fesses dans l'eau.

Audrey lui décocha un coup de pied dans les côtes, se redressa et se sauva nue et dégoulinante à travers l'appartement. Heureusement, la porte d'entrée n'était pas fermée à clef ; elle l'ouvrit précipitamment et se jeta dans les escaliers, quatre étages plus bas, là où elle était sûre de trouver de l'aide chez une famille d'Italiens dont elle aimait beaucoup la Mama. Celle-ci lui ouvrit la porte après qu'Audrey ait tambouriné, sans même penser à sa nudité, tellement la peur l'habitait.

La bonne Maria ouvrit des yeux grands comme des soucoupes et la tira aussitôt à l'intérieur, en refermant la porte à double-tour.

- Seigneur Jésus, mais que t'arrive-t'il mon enfant ? et elle ôta son tablier de cuisine pour la couvrir sommairement tandis qu'avec des gros yeux, elle envoyait un de ses fils chercher une grande serviette.

Audrey en tremblant et en claquant des dents expliqua que sa mère était devenue folle et qu'elle venait de tenter de la noyer. Luigi, l'époux de Maria arriva sur ces entrefaites et comme on lui expliquait la situation, il les rassura en disant qu'il n'avait vu personne sur le palier et décida d'aller avertir aussitôt la police en laissant Audrey aux bons soins de sa femme et entourée par ses trois fils et ses deux filles. Elle ne craignait plus rien et chacun tentait de la rassurer en lui caressant les cheveux ou la main ou en lui parlant doucement.

Lorsque les policiers arrivèrent dix minutes plus tard, ils trouvèrent un corps disloqué en bas de l'immeuble. Solange Lacourt venait de se jeter du sixième étage…

Juillet 2002

Audrey est en vacances à Royan avec son mari Michel et leurs deux enfants : Déborah, seize ans, très douée en natation synchronisée qui s'exerce même dans la mer et Charles, quatorze ans, qui se trouve être un super favori dans son club de natation. Michel, très fier, prend ses trois amours en photo, sur le sable.

Un mois plus tard, alors que la soirée s'annonce douce, un souffle léger soulève les rideaux et dehors, les grillons s'en donnent à cœur joie, Audrey se repose dans le canapé et s'apprête à regarder les photos que son mari a ramenées. Elle s'arrête sur la photo prise sur le sable ; quelque chose l'interpelle. Soudain, elle se lève et va fouiller dans une grande

boîte où sont rangés divers trésors du passé. Elle retrouve alors la photo prise par les parents de son amie Carla. L'adolescent de 1974 se trouve toujours sur le pédalo. Mais ce garçon n'est autre que son fils : mêmes cheveux, même gabarit, mêmes yeux, même sourire. Un véritable jumeau ?
Et si Charles n'était autre que la réincarnation de Boris ?

Dans le courant du mois de Septembre, Charles, un soir, se coucha tôt car il était très fatigué par son entraînement de natation qui l'avait épuisé. Mais il se mit à s'agiter… un cauchemar … et il hurla dans la nuit.

-   Au secours !

Ses parents bondirent car c'était la première fois depuis de longues années qu'il appelait à cause d'un cauchemar. Michel et Audrey se précipitèrent à son chevet et le trouvèrent en sueur, assis dans son lit.

- J'ai rêvé qu'on essayait de me noyer !

LE CARRELAGE BOUGE

Mois de mai très ensoleillé mais le cœur n'y est pas ; c'est comme si, depuis la fin de l'année précédente, chaque jour apportait quotidiennement, son lot de petits tracas qu'il faut assumer, tant bien que mal. Je vais peut-être paraître un monstre à vos yeux mais je vous mentirais si je vous affirmais que ces cinq derniers mois se sont passés dans la plénitude à s'occuper de ma vieille mère qui a été placée dans un centre de rééducation juste à côté de chez moi. Cela veut dire qu'il m'incombait, puisque j'étais la plus près, d'aller la voir tous les deux jours, de ramasser son linge sale (et Dieu sait qu'une personne impotente se salit rapidement), de courir après les infirmières, les aide-soignantes… et surtout d'essayer de faire la conversation à cette personne qui m'avait mise au monde. Je n'étais guère indulgente car elle ne représentait pas la mère que j'aurais voulu que la vie m'offre. Je pestais devant son manque de conversation justement, devant sa bêtise et je me disais surtout que si nous étions là toutes les deux , à regarder « Les feux de l'amour » à la télévision, en attendant que le temps passe, c'était de sa faute. Elle ne s'était pas entretenue ni intellectuellement, ni physiquement et je lui en voulais de ce délabrement physique et psychique dû à son manque de volonté, son peu d'intérêt pour la nature, pour les livres, pour tout ce qui nous entoure. Et je me jurais de ne pas finir comme elle : la vie se mérite.
Comme je les admire ces petits vieux qui jardinent, ces mamies qui s'agenouillent en terre pour désherber, planter, cueillir, et ces cheveux grisonnants qui font encore leur jogging dans le bois, et de la gymnastique pour entretenir muscles et

articulations. Comme je souris tendrement lorsque j'aperçois en entrant dans la bibliothèque, ces troisième et quatrième âge qui lisent les revues disponibles et repartent avec trois livres sous le bras ! Dieu nous a donné un cerveau et un corps, deux merveilleuses machines que nous nous devons d'entretenir. Mais ma mère n'avait jamais compris cela ; tout ce que nous entreprenions (voyages, sport, travaux manuels, soirées et repas entre amis…) lui semblait superflu, farfelu, extraordinaire ! Mais son monde à elle était si petit, si petit que j'y étouffais…

Nous voici donc tous (frère, sœurs, belle-sœurs, beaux-frères) autour d'elle. Elle nous voit, nous entend mais elle ne peut émettre que des onomatopées ; nous ne la comprenons plus. Elle ne veut pas que l'on s'éloigne d'elle et elle nous le fait comprendre en poussant des cris dès que l'on fait trois pas. Puis il n'y aura même plus d'onomatopées, juste deux yeux hagards qui crient de peur parce qu'ils savent qu'ils vont mourir. Je ne suis pas naturelle parce que je ne suis pas seule. Je voudrais pouvoir lui parler : pour lui dire quoi au juste ? Je ne sais même pas. Ces derniers instants me semblaient importants dans une vie et pourtant, j'ai l'impression que nous les gâchons. Nous n'attendons qu'une chose : la mort !
Terrible à constater, à réaliser, à dire…

Nous l'avons enterrée en province, par 37° Celsius : pas un temps pour mourir…
Nous tous avons suivi solennellement le cercueil à travers le cimetière et seules ma nièce et moi avons aperçu à nos côtés une extraordinaire colombe blanche venue se poser près de nous sur le chemin. Nous sous sommes regardées, d'un œil de connivence car toutes les deux avons pensé la même chose. Notre mère et grand-mère était là bien vivante, elle nous le signifiait par ce merveilleux oiseau silencieux mais à l'œil vif ;

131

et tout le reste, le cortège, le cercueil, ce corps à l'intérieur, tout ceci n'était que mascarade pour se donner une contenance, pour se donner bonne conscience, pour faire comme tout le monde.

Ouf ! C'est fini , cette corvée de chaque jour. Autant j'imagine que l'on ne doit même pas penser aux efforts que l'on produit pour s'occuper d'une personne que l'on aime réellement, autant ce fut dur pour moi de m'occuper d'elle car je dois avouer franchement que je ne ressentais aucune affection pour ce vieux corps usé. M'en avait-elle seulement procuré enfant ? Je n'ai pas de souvenir de baisers dans le cou, blottie sur ses genoux, ni de caresses sur la joue, ni de bougies sur un gâteau. J'ai juste été ELEVEE. Elle estimait avoir accompli son devoir mais moi, j'en voulais plus. Comme je me suis délectée à lire des histoires à mes enfants, à leur chanter des berceuses dans le noir et à les couvrir de bisous. C'est bon de donner ce que l'on n'a pas reçu...

Un an plus tard

Nous sommes au mois de mai, terriblement froid cette année. Chaque jour, la cheminée marche le matin pour chasser l'humidité et m'aider à rester dans la maison sans être recroquevillée.

Mais une autre chose me préoccupe plus particulièrement ces jours-ci. Je suis incapable de me rappeler la date exacte de la mort de ma mère ; je ne cherche pas vraiment non plus et je n'ose pas demander cela à ma sœur. Impossible de savoir si c'est le 22, le 23 ou le 24 ? Quelle idiote quand même ! Ma mémoire me fait défaut parfois ; cela m'inquiète...

Alzheimer ? Ou simplement avec trois enfants, une grande maison, un grand jardin à s'occuper, un enfant à garder, un chien, un chat et tout le reste, j'ai parfois du mal à suivre, et à tout retenir ? J'opterai pour cette seconde solution, tout de même plus optimiste !

Mercredi soir : deux des filles sont à la piscine pour leur entraînement de natation synchronisée, nous finissons de dîner à la salle à manger avec Patrick et Morgane. Je commence à ramener les couverts à la cuisine et en passant sur une dalle, je fais remarquer à Patrick combien celle-ci sonne creux et je la tapote du pied et d'un air amusé, je lui suggère peut-être la présence d'un trésor ! Dix minutes plus tard, Morgane est remontée dans sa chambre, Patrick s'affaire à la cuisine et moi, je balaie la salle de séjour lorsque soudain, je perçois un bruit comme si notre chienne grattait le carrelage autour de moi car le bruit continue et soudain, à quatre-vingts centimètres environ de la dalle que j'ai tapotée, le carrelage se soulève, sans casser, en créant un petit monticule de sept-huit centimètres, tout près de la cheminée. Je n'en crois pas mes yeux ! J'appelle Patrick qui se précipite, et regarde cette bosse dans le carrelage d'un air médusé et dépité à la fois. Nous pensons tous deux qu'un peu d'air a dû s'infiltrer dans un joint légèrement fendu, peut-être….. et a fait se soulever les dalles.
Patrick part chercher Vanessa et Mélodie et lorsqu'il revient, il décide de casser le joint qui relie les quatre dalles qui se sont dressées, afin qu'elles retombent sur leurs pattes ! Mais ce petit travail ne donne pas le résultat escompté et qu'elle n'est pas notre surprise de voir soudain, tel un raz-de-marée, les dalles s'ébranler les unes après les autres, cet appel d'air se propulsant comme une onde de choc ! Je recule d'effroi dans l'entrée car le mouvement continue, les dalles soulèvent la

table basse, cassent en soulevant le canapé, et Patrick, à l'autre bout de la pièce, face à moi, recule lui aussi, les yeux scotchés sur ce spectacle apocalyptique, de peur de casser d'autres dalles en restant dessus. Je crie à Mélodie de prendre un pot de fleurs en terre qui manque de tomber lorsque la dalle sur laquelle il est posé, se met à bouger dangereusement. Jusqu'où cela va-t-il se propager ? Puis soudain, tout s'arrête. Nous regardons tous ce spectacle incroyable, d'une salle à manger dévastée en un temps record. Mais cela est-il vraiment fini ? Oui ? Plus rien ne bouge, le cauchemar s'arrête.

J'ai besoin de parler à quelqu'un, de raconter cette histoire incroyable car cela fait quinze ans que la maison est construite et rien n'a jamais bougé. J'appelle ma sœur et mon beau-frère. Il est 22 h. Jackie s'étonne de m'entendre à cette heure-là et lorsque je lui raconte notre histoire, je le sens sceptique :

- Le carrelage se soulève chez vous ?

Encore un qui doit penser que sa petite belle-sœur est, ou surmenée, ou a bu un coup de trop ! Il me passe ma sœur Dominique qui rassurante, comme à son habitude, me demande si les murs ne se lézardent pas ! Puis elle me dit soudain :

- Mais tu sais quelle date on est aujourd'hui ?

Et soudain, je commence à comprendre avec crainte où elle veut en venir. Bien sûr, nous sommes le 24 mai et c'est bien ce jour-là que notre mère est morte il y a un an ! La date que je cherchais, je ne suis pas prête de l'oublier... Merci de me le rappeler si gentiment mais ce n'était peut-être pas la peine de créer tout ce raffut venu de l'au-delà pour imprimer cette date dans ma tête !

Les morts seraient-ils susceptibles ? Ou faut-il y voir un autre message ?

Quelques jours plus tard, Dominique qui souffrait du ventre depuis près de deux mois, m'appela effondrée : cancer du péritoine !

Si vous saviez comme j'ai levé les poings au ciel, en invectivant ma mère et en lui reprochant de vouloir reprendre auprès d'elle, au plus vite, sa fille préférée. Comment pouvais-je penser que les morts avaient le pouvoir de rappeler auprès d'eux qui bon leur semble ? En tout cas, j'étais très en colère, comme si cela était une évidence, un coup monté !

Un protocole de soins a été établi pour Dominique à l'Institut Curie ; elle s'est battue, courageusement, et Dieu sait qu'il en faut du courage pour supporter toutes les misères qui accompagnent cette maladie et son traitement : mains dans des gants de glace pendant la chimiothérapie pour éviter que les ongles tombent, perruque car les cheveux sont tombés… Malgré cela, Dominique gardait le sourire.

Je ne pensais pas à la mort possible de Dominique mais à plusieurs reprises, c'est son regard qui m'a alertée. Ses pupilles étaient dilatées et lorsqu'elle souriait sans parler et tournait sa tête de droite à gauche, ce regard se trouvait être le même que celui de ma mère quelques temps avant sa mort. Et dans ces cas-là, je ne pouvais m'abstenir de ressentir un profond malaise : étais-tu encore toi ?

Une phlébite qui ne pouvait guérir s'est installée, puis de l'eau s'est propagée dans les poumons et Dominique, « pétant la forme » et drôle, gardant son humour et ce, malgré son masque pour respirer, durant ce dimanche après-midi que nous avons passé auprès d'elle à l'hôpital, s'est brusquement éteinte deux jours après, sans prévenir, le 14 février. C'est terrible de constater que la mort peut vous ravir, sans prévenir, et là encore, tous les mots que j'aurais voulu lui dire sont restés dans ma tête car la Grande Faucheuse ne m'a pas laissé le temps de m'exprimer. Deux jours après, son cercueil est descendu lentement dans ce grand trou, profond et froid.

Le carrelage mouvant il y a neuf mois, était-ce un rappel à l'ordre, un désir de l'au-delà ou simplement un avertissement ? Je ne saurai jamais mais une chose est sûre : la vie après la mort existe bien. Trop de hasards, trop de coïncidences...

La vie continue malgré tout et Patrick et moi voulions redécorer entièrement notre salle de séjour. Le carrelage était choisi, le carreleur aussi mais malheureusement, celui-ci tomba malade et déclara forfait. Au pied levé, c'est un ami et voisin de Dominique et Jackie, carreleur de son état, qui le remplaça. Il eut la gentillesse de nous prendre en plus et nous casa comme il put dans son emploi du temps, et choisit donc la date de début des travaux.
Il s'attaqua à notre carrelage le ....24 mai !

Tout est rentré dans l'ordre, ...enfin du moins je l'espère.
J'attends avec anxiété le 24 mai prochain...

LE PASSAGE

Juin : 14 h00. Mois exceptionnellement chaud cette année. L'air est lourd. Le silence règne dans le jardin ; même les oiseaux semblent faire la sieste. Pas le moindre glissement baveux d'escargot et encore moins de remue-ménage des vers de terre car celle-ci - la terre bien sûr – est sèche, craquelée à la surface ; ils sont tous planqués ces invertébrés, attendant l'arrosage du soir pour sortir prendre l'air et se nourrir. Cependant, l'on peut distinguer deux formes vagues, l'une rousse, allongée à l'ombre d'un prunus, et l'autre, beige effectuant une petite sieste réparatrice au soleil. Car il en est ainsi, Albertine souffre depuis toujours de la chaleur tandis que Lucien ressent un besoin permanent de dorer ses vieux os au soleil. Ils ne sont jamais très loin l'un de l'autre, aussi peuvent-ils bavarder à souhait et échanger des propos sur les êtres qui les entourent. La plupart du temps, c'est Lucien qui, ayant tout loisir de vagabonder dans le secteur, alimente les potins du coin et Albertine commente. Deux vieilles commères !

- Y'a un nouveau d'arrivé dans la maison rose, lance tout d'un coup Lucien en baillant et en s'étirant.
- Ah bon ?! Comment est-il ?
- Gris, à rayures ; plus âgé que nous, le ventre pendant à terre, pas bien causant mais m'a l'air brave ce garçon, en tout cas, pas téméraire d'après ce que j'ai pu en juger ; il s'appelle Léon.
- Léon ? Pff ! Et tu l'as déjà coursé pour m'affirmer qu'il n'est pas très vindicatif ?

- Ten pardi, à ton avis ? Il faut bien montrer tout de suite qui est le maître des lieux !

Albertine ricana de la malice de son compagnon.

- S'il est vieux, il courra pas bien vite. Je pourrai le poursuivre sans mal le gaillard, s'il ose seulement montrer la pointe de ses moustaches ici.
- Mouais ….. dit Lucien en se levant et en faisant le dos rond. Il savait sa copine courageuse mais pas téméraire !

Il venait d'apercevoir deux minuscules papillons blancs et jaunes qui virevoltaient au-dessus des fleurs et son estomac, qui lui parlait très souvent, semblait lui rappeler qu'il n'avait pas pris de dessert au déjeuner.

Quelques instants plus tard, Grand-mère Violette apparaissait par la porte-fenêtre qui donnait sur le jardin, tenant sur ses hanches une corbeille de linge. Elle se dirigea vers le séchoir, posa son fardeau à terre et vint caresser la tête d'Albertine. Cette dernière lui répondit par des yeux tendres et un battement de queue joyeux. Comme elle l'aimait cette mamie… Albertine avait toujours vécu avec elle ; c'était elle qui lui donnait à manger, la promenait, la brossait. Elle représentait toute la chaleur humaine de la terre à elle toute seule, et elle était aussi et surtout une présence permanente pour Albertine qui n'aimait pas la voir s'éloigner.

- Ma bonne Praline, comment vas-tu, ma belle ? Tu n'as pas trop chaud, j'espère ? Tu as raison de te mettre à l'ombre ; tu es bien ici pour te reposer l'après-midi.

Albertine l'écoutait d'une oreille tendre et attentive mais depuis des années qu'elle partageait leur quotidien, celle-ci ne comprenait toujours pas pourquoi cette bonne grand-mère s'obstinait à l'appeler Praline, alors que son véritable nom se trouvait être Albertine, mais les humains ne pouvaient sans doute pas tout savoir... D'ailleurs, elle agissait de même, ainsi que tous les autres membres de la famille, avec Lucien qu'ils prénommaient Rusti ; va-t-on savoir pourquoi ???

Depuis quelque temps, Albertine percevait un changement dans l'attitude de Violette. Elle sentait bien qu'il était nettement plus facile pour elle de se faire caresser lorsque la mamie se trouvait assise sur le canapé ; la grand-mère semblait avoir de plus en plus de mal à se baisser.

Violette allait-elle passer de l'autre côté se demandait notre brave Albertine.

Grand-mère Violette vivait avec sa fille, son gendre et leurs deux enfants ; son mari était mort quelques années auparavant et bien que ne souffrant pas de solitude ni ne manquant d'occupations, Sophie et Jean-Christophe avaient proposé généreusement à leur mère de partager leur toit. Violette sut se montrer efficace et leur rendait de nombreux services, tout en restant très discrète tandis que ceux-ci lui témoignaient beaucoup d'amour et d'attention.

- Salut Mamie ! J'ai eu un 15 en anglais. Tu te rends compte ! J'ai jamais eu une aussi bonne note dans cette matière. C'est vrai que cette prof est géniale ; elle nous fait parler souvent en nous obligeant à nous mettre en scène en classe, on s'invente des histoires comme au cinéma, c'est top !

Ainsi parlait Alexis, quatorze ans, le plus jeune des enfants ; il aimait rentrer du collège et raconter sa journée à sa grand-mère. Celle-ci écoutait toujours d'une oreille attentive et parfois amusée les propos de l'adolescent mais elle savait aussi consoler lorsqu'il se brouillait avec un copain ou que ses notes descendaient dangereusement. Maxime rentra à son tour du lycée et embrassa furtivement sa grand-mère. Il se précipita sur le pain et sortit le fromage du réfrigérateur.

- C'était dégueulasse ce midi à la cantine ! Y'avait de la viande avec plein de graisse et des nerfs, impossible à couper, avec des haricots verts, gros et plein de fils.
- Oh merveilleux… Je devrais cesser de te mitonner de bons petits plats le soir afin que tu apprécies mieux les repas servis au lycée !
- Non merci. Continue comme ça.

En disant cela, Maxime eut un petit pincement au cœur car il se rendait bien compte que sa grand-mère diminuait un peu plus chaque jour, par des petits riens du tout, insignifiants parfois, un escalier qu'on a de plus en plus de mal à monter, la main qui tremble ou la brosse à cheveux que l'on repose plusieurs fois en se peignant car le bras fatigue, des petites choses insignifiantes mais qui fait que la vie se retire peu à peu…

- Miaou … Miaou … Miaou ! entendit-on du côté de la porte de la cuisine.
- Oui, oui, j'arrive. Oh celui-là ! Le portier est à votre service, sa Majesté ! répondit Maxime en ouvrant la porte et en exécutant une courbette.

Rusti se posta à l'endroit où devait se trouver sa gamelle et attendit patiemment.

-   T'as un petit creux comme d'habitude, je parie ? Tiens voilà une bonne vieille gamelle qui traînait par là.

Et Maxime déposa aux pieds du chat une gamelle déjà entamée. Rusti ne fit même pas semblant d'aller la renifler et il recula, la mine dégoûtée.

-   Y crois tout de même pas le gamin que je vais manger ce truc qui traîne dehors depuis ce matin !

Dédaigneusement, il fit quelques pas dans la cuisine et sauta sur une chaise. Il se mit à renifler ce qui se trouvait sur la table, les narines frémissantes et l'œil humide afin d'attendrir son monde.

-   Oh – oh, du camembert et du beurre ; tout ce que j'aime !

Rusti s'avança vers le sandwich de Maxime, l'air très intéressé.

-   Dis donc, toi, voleur ! Ta gamelle est parterre.
-   Oh, donne-lui un bout de beurre et de camembert à ce pauvre chat. Regarde comme il bave d'envie, répondit grand-mère Violette.
-   Hum, t'as de la chance d'avoir une grand-mère qui prend soin de toi.

Et Maxime déposa au creux de sa main plusieurs petits bouts de beurre et de fromage que Rusti s'empressa lestement de dévorer. Satisfait, il se lécha les babines, redescendit de la chaise et resta posté au milieu de la pièce à observer Maxime qui engloutissait son sandwich.

- C'est ça, déguste-le ton calendos, petit crétin ! Tu verras quand toi aussi, tu seras obligé de bouffer tous les jours du Félix et du Whiskas ! Même Gourmet et Sheba n'arrivent pas à la cheville d'un bon bout de jambon à l'os ou d'une bavette bien saignante. Heureusement qui sont pas chiens dans la famille.

Et sur cette pensée, mêlée d'une certaine acrimonie envers les humains, Lucien leva son derrière et sortit par la porte-fenêtre, d'un air digne.
Plus tard, Sophie et Jean-Christophe rentrèrent du travail.

- Oh Maman, tu as fait une lessive et étendu le linge dehors. Par la chaleur qu'il fait, tu aurais mieux fait de rester au frais à l'intérieur ! Je m'en serais occupée en rentrant et demain, je suis là.
- Mais cela me fait du bien d'aller au soleil, de marcher dans le jardin, d'enlever une fleur fanée par-ci, par-là.

Sur ces entrefaites, Praline arriva en éternuant bruyamment et en battant de la queue lorsqu'elle aperçut Sophie.

- Oh toi aussi, tu t'enrhumes, ma pauvre Louloute, avec ce soleil qui te tape sur la tête.

Et Praline, tout en l'écoutant, se coucha sur le dos, les pattes en l'air pour se faire caresser le ventre.

- Oh, mais ce sont de vrais tyrans ces animaux ! A peine rentrée, il faut déjà caresser le ventre !

Mais Sophie s'exécuta de bonne grâce malgré sa journée éreintante.

- Et dis donc, toi aussi, tu aimes bien te faire masser le dos par Jean-Christophe, pensa Albertine tout en se laissant papouiller avec volupté.

Quelques mois passèrent et un soir en rentrant du collège, ce fut Alexis qui découvrit le corps sans vie de Grand-mère Violette. Elle s'était tout simplement endormie sur le canapé et ne s'était pas réveillée. Rusti, inquiet, se tenait non loin d'elle sur un pouf ; quant à Praline, elle semblait gémir doucement à ses pieds. Ces deux êtres qui l'avaient accompagnée durant des années savaient que la vie s'en était allée.

Mais peut-être reviendrait-elle, Grand-mère Violette, sous une autre forme, mais avec toujours autant de bonne humeur et de tendresse au cœur ?

C'est du moins ce qu'espéraient Lucien et Albertine.

Le printemps revint et aida à chasser la chape de tristesse qui plombait la maison depuis la disparition de Grand-mère Violette.

Un mercredi après-midi, Alexis revint en courant de sa leçon de piano, tout excité à l'idée de ce qu'il voulait demander à sa mère.

- Maman, Maman ! Tu sais, la chatte de Madame Dubois a eu cinq petits au mois de mars.
- Oui, je les ai vus lorsque je suis allée payer tes cours la dernière fois. Et alors ? Qu'est-ce qui se passe ?
- Eh bien, il y en a quatre qui sont promis mais il reste une petite boule de poils toute noire dont personne ne

veut et Madame Dubois a déjà quatre chats ! Je me demandais si nous ne pourrions pas l'adopter …
- Mais nous avons déjà un chat et une chienne !
- Je sais mais c'est pas gênant ; Rusti, on l'emmène jamais en vacances parce qu'il préfère rester ici avec le voisin plutôt que de se taper des heures de voiture enfermé dans un panier. Elle aussi, ce sera pareil. Et puis, cela fera une compagnie pour Rusti…
- Moui… Je ne sais pas s'il va être ravi de voir arriver une jeune chatte qui va sauter dans tous les coins. Et puis, il s'entend bien avec Praline déjà.
- Oui, mais quand on s'en va, il est tout seul !
- Tu parles ! Il a tous les chats du quartier pour lui tenir compagnie.
- Oh Maman, s'il te plaît … Viens la voir, elle est trop mignonne. Elle est toute noire, avec juste une étoile blanche sur son poitrail.
- Bon, c'est d'accord pour moi mais j'en parlerai d'abord avec ton père lorsqu'il rentrera.
- Ouais ! Génial !

Et Alexis courut annoncer la nouvelle à son frère. Lorsque Jean-Christophe rentra et que Sophie lui présenta la requête de son fils, il tergiversa bien un peu mais Sophie lui fit remarquer que de tous, c'était Alexis qui semblait le plus souffrir de l'absence de Grand-mère Violette et que cette petite chatte permettrait un transfert d'amour.

Etoile débarqua donc à la maison un samedi après-midi et fut présentée à toute la famille, ainsi qu'à Praline et Rusti. Elle leur fit fête puis fit le tour de la maison, d'abord tranquillement et prudemment puis en sautant et gambadant joyeusement. Elle gratta même la terre d'une ou deux plantes et attrapa les rideaux du salon entre ses quatre pattes pour jouer avec, ce qui mécontenta un peu Sophie et Jean-Christophe mais Alexis et Maxime veillaient à réparer les bêtises rapidement. Quant à Praline et Rusti, ils surveillaient de loin la nouvelle arrivée d'un œil plutôt intrigué. Le soir venu, ils s'installèrent dans leur panier respectif, espérant que la « gosse » allait bientôt tomber de fatigue et s'écrouler de sommeil sur le canapé car elle n'avait cessé de batifoler depuis son arrivée et elle leur donnait le tournis.

> - Ah ma pauvre tête, soupira Lucien. Je voudrais bien pouvoir fermer un œil.
> - A qui le dis-tu, mon pauvre ami ? Mais ne t'inquiète pas ; elle est tout émoustillée d'avoir trouvé une nouvelle maison et une famille mais à ce rythme là, elle va bientôt s'écrouler. De toute façon, ou elle dort rapidement ou je déguerpis dormir au sous-sol…

Et soudain, tous furent étonnés de voir Etoile s'approcher timidement d'abord de Praline et donner des petits coups de tête affectueux dans le cou de celle-ci puis se diriger vers le panier de Rusti, de renifler le flan de celui-ci, de lui faire une petite léchouille et de s'installer confortablement contre son ventre.

> - Ça y est, j'ai gagné le pompon ! affirma Lucien en tournant un regard résigné vers Praline.

Celle-ci sourit mais ne dit mot.

- Allez, allez, allez Lucien, relance-moi la noisette, s'époumona Etoile en fonçant dans un Rusti épuisé, écroulé à terre et la langue pendante.

Pour le relancer, Etoile se faufila par derrière lui et lui grimpa dessus. Un peu courroucé mais ne voulant pas faire de mal à la petite, Rusti se détourna et lui allongea un léger coup de patte mais cette survoltée lui laboura les côtes de ses pattes arrières et bondit en arrière pour aller de nouveau à la chasse aux noisettes qui tombaient drues à cause du vent. La petite chatte adorait jouer au foot avec.
Pendant ce temps-là, Albertine s'approcha de Lucien.

- Alors, tu tiens le coup ?
- Oh, elle m'épuise la gamine, gémit le pauvre animal.
- Courage ! Elle sera bientôt adulte… Et la revoilà !
- Dis Albertine, tu veux pas faire une partie avec moi parce que je crois que Lucien est K.O ?
- Euh non, ma petite chérie. Vois-tu, j'ai les coussinets usés à la fin de la journée. Et je commence à avoir un petit creux. Faudrait pas que la famille tarde trop à rentrer, sinon, je sens que je vais m'évanouir d'inanition.
- Oh, pauvre Albertine, dit Etoile en se collant à Praline et en se faisant câline. C'était mieux pour toi lorsque j'avais forme humaine. J'étais toujours là pour te donner ta gamelle à l'heure.
- C'est sûr. La vie était plus cool. Mais par contre, c'est mieux pour toi : plus de genoux qui craquent, plus de rhumatisme ; croquettes et pâtée à volonté et tutti quanti. Tu pètes la forme !

-   Han, han, répliqua Violette. C'est tellement chouette de retrouver sa jeunesse, même à quatre pattes ! Si j'avais su, je leur aurais tiré ma révérence plus tôt !

Au printemps suivant, par un bel après-midi que Sophie et Jean-Christophe mirent à profit pour jardiner, un mariage eut lieu. Occupés tous deux à désherber, ils se redressèrent soudainement en entendant des miaous plaintifs de chatte en chaleur. Etoile se frottait à tous les arbres en remuant du popotin et quelle ne fut pas leur surprise de voir arriver un fringant Rusti, la moustache relevée et l'air plutôt intéressé par la gamine.

-   Tiens, il semblerait que notre petite Etoile ne fatigue plus ce brave Rusti. Il m'a l'air tout ragaillardi !
-   Détourne donc la tête, espèce de voyeur et jardine ! répliqua Sophie en riant.

La lutte amoureuse parut plutôt chaude à Praline qui les observait tranquillement de loin d'un regard blasé et scientifique car « les choses de la vie » ne l'avaient jamais captivées.

-   Et voilà, il va être encore complètement usé mon pauvre ami en fin de journée. Pff…Ce n'est plus de son âge ces gamineries.

Effectivement, Rusti, quelques instants plus tard, se laissa tomber sur le côté en soufflant, tandis qu'Etoile s'éloignait timidement vers la maison, comme une jeune mariée.

- Pff... Quelle chaleur ! s'exclama notre matou. Si on m'avait dit qu'un jour, j'me taperais la grand-mère !

TABLE DES MATIERES